내가 제일 잘 나가는
재벌이다

봉황송 현대판타지 장편소설

내가 제일 잘나가는 재벌이다 19

초판 1쇄 발행 2025년 4월 21일

지은이 | 봉황송
발행인 | 최원영
편집장 | 이호준
편집디자인 | 박민솔
영업 | 김민원 조은걸

펴낸곳 | ㈜ 디앤씨미디어
등록 | 2002년 4월 25일 제20-260호
주소 | 서울시 구로구 디지털로32길 30 코오롱디지털타워빌란트 1301-1308호
전화 | 02-333-2513(대표)
팩시밀리 | 02-333-2514
E-mail | papy_dnc@dncmedia.co.kr
블로그 | blog.naver.com/gnpdl7

ISBN 979-11-364-6116-2 04810
ISBN 979-11-364-4879-8 (SET)

※ 저자와 협의하여 인지는 붙이지 않습니다.
※ 이 책은 ㈜ 디앤씨미디어(파피루스)가 저작권자와의 계약에 따라 발행한 것으로 본사와 저자의 허락 없이는 어떠한 형태나 수단으로도 내용을 이용할 수 없습니다.

내가 제일 잘나가는
재벌이다 19

봉황송 현대판타지 장편소설

제1장. 파독광부 (2) ·············· 7

제2장. 철퇴 ·················· 31

제3장. 연회 ·················· 55

제4장. 경제 대통령 ·············· 79

제5장. 대통령 선거 ·············· 105

제6장. 한일 국교 정상화 논의 ········ 129

제7장. 카세트 플레이어 ············ 173

제8장. 스카이 뮤직 ·············· 209

제9장. 문화 ·················· 255

제10장. 희토류 자석 ·············· 281

파독광부 (2)

　파독광부들이 서독으로 넘어가기 위해서는 몇 가지 절차가 필요했다. 그 가운데 하나가 바로 기생충 검사였다.
"기생충이 있는지 검사해야 합니다."
"기생충이요?"
"서독에는 기생충이 없습니다. 파독광부들이 기생충을 가지고 와서 전염을 시키면 큰일이기에 검사를 하는 겁니다."
　기생충 검사가 실시됐다.
　기생충이 발견된 사람들은 즉시 퇴출당했다.
"기생충이라니요? 이건 제 몸에서 나온 게 아닙니다."
"아쉽지만 다음 이차 기회를 노려 주세요."
"저는 이번에 꼭 서독으로 가서 돈을 벌어야 한다고요."

퇴출당하는 사람이 눈물을 줄줄 흘렸다.

몸속 기생충 때문에 서독으로 가지 못하다니, 하늘이 무너질 것만 같았다. 집안에서는 서독에 가서 많은 돈을 벌어들인다고 했는데, 이게 무슨 난리란 말인가.

파독 근로자들에 대한 내용이 매일같이 신문에 대서특필되었고, 많은 이들이 서독이라는 선진국으로 날아가서 외화를 벌어들인다는 이야기는 전 국민의 주목을 이끌었다.

"드디어 서독으로 간다."

"내가 외화를 벌기 위해 외국으로 가다니, 믿기지 않아."

"돈을 많이 벌어서 부자가 될 거야. 그래서 부모님에게 효도하고, 내 동생들을 대학교까지 보내서 공부시킬 거다."

"난 배불리 먹었으면 소원이 없겠다."

시간이 흐르고 합숙 교육을 마친 파독광부들이 김포공항으로 전용 버스를 타고 이동했다. 김포공항에는 이미 연락을 받고 나온 가족과 기자들로 북새통을 이뤘다.

"천일아! 가서 건강해야 한다!"

"돈 많이 벌어서 올게요, 어머니. 집에 논밭도 사 드릴게요."

"돈보다 네가 먼저다. 몸 건강히 돌아오거라."

"걱정하지 마세요, 어머니."

이별하는 사람들이 석별의 정을 나눴다.

매정하게도 서독으로 떠나야 할 시간이 다가왔다.

넓은 김포공항의 비행장에 SF 항공의 비행기가 떡하니 파독광부들을 위해 준비되어 있었다.

"이게 우리를 서독으로 보내 줄 비행기구나."

"차준후 대표가 편안하게 서독으로 가도록 제트 비행기를 준비해 줬다고 하더라."

"많이 신경 써 줘서 고맙네."

"돈 많이 벌어서 대한민국 발전에 보탬이 되라는 이야기잖아. 열심히 일하자."

사람들이 탑승구로 들어가 비행기 트랩에 올랐다.

가족과 친지들이 비행기에 타는 사람들을 향해 눈물을 흘리며 손을 흔들고 있었다. 부푼 마음에 서독으로 향하는 건장한 체격의 남자들의 눈에서 눈물이 흘러내렸다.

SF 항공의 비행기가 하늘로 떠올랐다.

대한민국의 번영과 가난의 고리를 떨쳐 내기 위해 날갯짓이었다.

* * *

서독 뒤셀도르프 공항.

한국인 파독광부 1진이 제일 처음 서독 땅을 밟은 곳이었다. 그리고 이곳 공항에 또다시 서독 국방 관련 중요 관계자들과 관료들이 나와 있었다.

"이제 곧 도착하나?"

"네. 9시 도착 예정입니다."

"뮐러 소장! 이번에 어떻게든 나노 징크옥사이드 신소재 사용권을 받아 내야만 하네."

"알고 있습니다, 슈미트 국방장관님."

제2차 세계대전 이후 독일은 서쪽의 독일연방공화국인 서독과 동쪽의 독일민주공화국인 동독으로 분단됐다. 한반도처럼 분단국가가 되어서 서로 치열한 냉전을 펼치고 있었다.

미국의 경제 지원으로 빠르게 전후 복구를 한 서독은 빠르게 발전하여, 동독보다 1인당 국민 소득이 2배 이상 높았고 경제 규모는 그 이상으로 차이가 났다.

그리고 그 경제력을 바탕으로 군수 업체를 지원하여 함께 개발, 생산을 진행하며 기갑여단 중심의 강력한 육군을 보유하고 있었다.

그러나 서독은 지리적으로 자본주의 진영의 최전선에 위치해 있는 탓에 동독보다 우위를 점했다고 해서 안심하기는 어려웠다.

심지어 그런 와중에 소련이 동독에게 기갑 전력까지 지원하며 서독으로서는 불안감이 증폭될 수밖에 없었다.

그러던 차에 대한민국의 스카이 포레스트에서 국방력

은 간단한 방법으로 단숨에 끌어올릴 수 있는 나노 징크옥사이드를 개발해 냈다.

나노 징크옥사이드는 공산주의의 기갑 전력을 맞상대할 수 있는 아주 대단한 신소재였다.

"지금까지 수입한 포탄의 얼마인가?"

"4만 발입니다."

"주문한 양은 40만 발인데?"

"미국과 다른 유럽 국가들의 주문 물량도 많아서 순차적으로 수출을 한다고 합니다. 대한민국에서 생산된 포탄의 상당수는 미국으로 수출됐습니다."

요즘 행복한 비명을 지르고 있는 한국화약의 생산량은 보잘것없었다.

주문량이 폭증한 탓에 급하게 생산 라인을 늘리고 있었지만, 충분한 생산 라인이 갖춰지기까지는 적어도 1년이 필요했다. 그때까지는 지금처럼 납품이 오래 걸릴 수밖에 없었다.

"빌어먹을 양키 놈들. 지들은 급한 것도 없으면서."

"이제 미국에서는 나노 징크옥사이드의 생산 라이선스를 얻는다고 합니다. 듀퐁사에서 적극적으로 로비를 했다고 들었습니다."

대전차 포탄을 비롯해서 주문한 포탄이 40만 발인데, 모두 받기까지 상당한 세월이 걸릴 모양이었다.

"40만 발이 많은 숫자도 아닌데…… 쯧."

슈미트 국방장관이 이마를 찌푸렸다.

40만이라는 숫자가 많아 보일 수도 있겠지만, 전쟁이라도 터지면 고작 보름 만에 모두 소진될 만큼 적은 물량이었다.

이마저도 효율적으로 사용했을 때 경우이고, 펑펑 쏘아 대면 열흘도 채 못 버틸 것이었다.

"우리도 미국처럼 직접 생산할 수 있도록 허가를 받을 수만 있다면 물량 걱정은 하지 않아도 될 텐데……."

"수입하는 포탄보다 더욱 성능을 끌어올리는 것도 가능합니다."

"그렇겠지."

자본주의 진영의 최전선에 놓여 있던 서독은 군수 산업에 많은 투자를 했고, 이제는 세계 최고 수준의 군수 산업 능력을 갖추었다고 해도 과언이 아니었다.

현재 프랑스와 공동 개발을 추진하고 신형 전차인 레오파르트의 완성이 얼마 남지 않았는데, 나노 징크옥사이드를 이용해 신형 전차에 걸맞은 신형 포탄까지 생산해 낸다면 서독의 군사력은 더욱 막강해질 터였다.

"이번 기회를 잘 활용해 보자고."

"물론입니다."

서독의 국방 관련 관계자와 기업들에게 차준후의 이번

방문은 무척이나 중요했다. 그들이 공항까지 직접 나와서 차준후를 국빈처럼 영접하는 이유였다.

그때였다.

하늘 위에서 등장한 제트 여객기 한 대가 활주로에 내려서고 있었다. 은빛 동체에는 스카이 포레스트라는 글자가 멋지게 새겨져 있었고, 꼬리 날개에는 0417이라는 숫자가 선명했다.

"차준후 대표의 전용기입니다."

"도착했군. 다시 한번 강조하지만, 이건 서독의 안보와 군수 산업 발전에 있어 아주 중요한 일이네. 무조건 나노 징크옥사이드의 생산 라이선스를 구해야만 해."

서독 정부 관계자들이 차준후의 입국을 기다리고 있을 때, 스카이 0417에 트랩이 연결됐다.

차준후가 실비아 디온을 비롯한 일행들과 함께 트랩에서 내려왔다.

장시간 비행을 했지만 안락하게 꾸며 놓은 탓에 딱히 피곤하지 않았다. 마치 집에서 머문 것처럼 편안하게 서독 땅을 밟을 수 있었다.

"공항에 서독 정부 관계자들이 나왔다고요?"

"예. 국방 관련 관계자들이 나노 징크옥사이드에 대한 협의를 하고 싶다는 연락을 전해 왔어요."

차준후가 이곳 서독까지 직접 온 이유는 화장품 제작

및 연구 개발에 필요한 첨단 장비들을 구매하기 위해서 였다.

스카이 포레스트에서 무척이나 중요하게 생각하고 있는 에어 스푼을 제작하는 기술은 현재 서독이 세계 최고 수준이었다.

차준후는 이번에 서독의 에어 스푼 제작사와 기술 교류를 하여 현재 스카이 포레스트에서 사용하고 있는 에어 스푼 장비의 성능을 더 끌어올리고자 했다.

화장품의 효능을 끌어올리기 위해서는 성분 및 배합 못지않게 설비도 중요했다. 기술이 발달할수록 장비의 중요성은 점점 더 두드러졌다.

해야 할 일은 이뿐만이 아니었다.

이 먼 곳까지 자주 오갈 수 있는 건 아니었기에 한 번 왔을 때 해야 할 일이 너무나도 많았다.

그런데 서독 정부에서 일거리 하나 추가해 주고 있었다.

"서독이 급하긴 한 모양이네요."

"아무래도 공산권과 바로 코앞에서 접하고 있다 보니 위급함을 느끼는 거겠죠."

차준후는 충분히 서독의 심정을 이해했다.

아직 한국전쟁이 종전이 된 지 10년도 채 되지 않았다.

10년이면 길면 길다고도 할 수 있는 시간이지만, 전쟁으로 가족과 친구를 잃는 아픔을 겪은 수많은 국민들은 아직도 그날의 기억에서 쉬이 벗어나지 못했다.

언제 또 북한이 다시 남침을 하진 않을지 걱정하는 이들이 적지 않았다.

국가가 분단되어 각기 자본주의와 공산주의 진영으로 나뉘어 서로 총을 겨누고 있다는 점에서 한국과 독일은 공통점이 많았다.

"한국화약에서 서독에 수출한 포탄 물량이 어느 정도 되나요?"

"이번에 선적한 물량까지 합하면 모두 4만 발로 파악됩니다."

"음! 서독이 안달이 날 만도 하네요."

"대표님, 서독에 나노 징크옥사이드를 제공하실 생각이세요?"

"서독의 제안을 듣고서 결정하려고 합니다."

차준후는 조건만 합리적이라면 얼마든지 나노 징크옥사이드의 생산 라이선스를 허락할 마음이 있었다.

독일 또한 일본과 마찬가지로 전범국이지만, 차준후가 독일을 대하는 태도는 일본과 무척이나 상이했다.

독일이 자의적인 의지로 진심을 담았는지는 둘째 치더라도, 나치로 인해 피해를 입은 이들에게 사죄와 보상을 하기 위해 노력하는 태도를 명확히 보였기 때문이다.

그리고 시간이 흘러서도 독일은 계속해서 과거 역사가

왜곡되지 않도록 독일의 과오를 인정하며, 죄를 청산하기 위해 노력한다.

그렇기에 차준후도 독일은 대하는 태도가 일본과는 다를 수밖에 없었다.

VIP 통로를 통해 차준후가 공항에 모습을 드러냈다.

"서독 방문을 환영합니다. 슈미트 국방장관입니다."

"이렇게 환영해 주셔서 감사합니다. 차준후라고 합니다."

두 사람이 악수를 주고받았다.

건장한 체격을 지닌 슈미트의 두툼한 손이 차준후의 손을 덮었다. 꽉 잡은 손을 통해 슈미트의 의지가 느껴지는 듯했다.

"이미 들으셨겠지만 서독에는 나노 징크옥사이드가 꼭 필요합니다. 도와주십시오."

슈미트가 다짜고짜 하소연했다.

이 서양 아저씨가. 이러면 반칙이지.

원하는 걸 요구할 때는 그에 따른 대가를 말해 줘야 거래를 진행할 수 있는 법이다. 서독이 간절히 원할수록 테이블 위에는 많은 걸 올려놓아야만 한다.

"긍정적으로 생각하고 있습니다."

차준후가 응답했다.

나노 징크옥사이드를 제공할 생각은 가지고 있었다. 다만 그에 맞는 대가를 원할 뿐이었다.

"그렇습니까? 정말 다행입니다!"

슈미트가 흥분을 감추지 못했다.

어렵게 접근해야 한다고 생각했는데, 무척이나 시원하게 이야기하지 않은가.

일이 수월하게 잘 풀리는 것만 같았다.

"관련해서 이야기를 나누기 전에 서독의 군용 차량을 제작하는 자동차 업체를 둘러보고 싶은데, 구경을 하면서 대화하는 건 어떻겠습니까?"

차준후가 씨익 웃으며 입을 열었다.

그는 나노 징크옥사이드를 대가로 원하는 걸 손에 넣기 위한 밑밥을 던졌다.

현대에서 자동차 하면 사람들이 가장 많이 떠올리는 나라 중 하나가 독일이고, 이 시대에서는 바로 서독이었다.

독일의 수많은 자동차 제조사들은 제2차 세계 대전 당시 나치 독일군의 군용 자동차, 항공기의 엔진 등을 생산하며 엄청난 경제적 이익을 취했고, 이를 바탕으로 성장하여 21세기까지도 세계적인 명성을 알렸다.

그 점을 생각하면 몹시도 괘씸한 기업들이었지만, 종전 이후 피해국들에게 사과와 배상을 했을 뿐만 아니라 박물관을 만들어 스스로의 잘못을 직접 드러내며 책임을 인정하기도 했다.

그러다고 해서 그들의 잘못과 피해자들의 고통이 지워

질 수 있는 건 아니었지만, 최소한의 사과조차 없는 일본 전범 기업들과는 명백히 다른 행보라고 할 수 있었다.

"바로 보여 드릴 수 있습니다. 폭스바겐 비틀과 벤츠 유니목 경량트럭을 보러 가시겠습니까? 두 차종 모두 군용 차량으로 유명합니다."

슈미트가 반색했다.

비틀과 유니목 경량트럭은 미국, 호주, 일본 등 여러 나라로 수출되고 있었다.

벤츠 유니목 경량트럭은 농업용으로 출시되었으나, 그 성능이 좋아서 건설용과 군용 등으로도 용도 범위가 확대됐다.

딱정벌레라는 애칭으로 유명한 비틀은 저렴한 가격과 실용성으로 큰 인기를 누렸고, 군용 차량으로 개조되어 전쟁에서 사용됐다. 전쟁이 끝난 후에 비틀은 전 세계적인 인기를 얻고 있었다.

"유니목 트럭부터 보기로 하죠."

차준후가 눈빛을 빛냈다.

유니목 트럭은 1970년대 대한민국으로 수입되어 서울시 수도국 및 고속도로용 제설 트럭으로 사용되었다. 처음에는 소량만 수입했지만 그 성능이 탁월해서 수입 물량이 늘어나고, 사용 범위도 확대됐다.

도로 환경이 열악한 대한민국에 유니목 트럭은 여러모

로 활용도가 높았다.

"자동차 제조 기술을 원하십니까?"

슈미트는 어렵지 않게 차준후의 의도를 알아차리곤 물었다.

"음. 이미 눈치채신 듯하니 단도직입적으로 말씀드리죠. 예, 맞습니다. 나노 징크옥사이드의 생산 라이선스를 허락하는 조건으로 기술 제휴를 받을 수 있겠습니까?"

"모든 기술을 오픈해 드릴 수는 없고, 기본적인 기술 제휴는 이미 허가를 받아 두었습니다."

슈미트는 차준후와의 협상 전에 그가 원할 만한 것을 미리 예상하여 여러 가지를 준비해 두었다. 그리고 그중 하나가 서독의 유명 자동차 제조사들에게 기술 제휴 허가를 받아 둔 것이었다.

해당 기업들은 서독 정부에게 부족하지 않은 대가 비용을 약속받았기에 흔쾌히 허가를 해 주었다.

"일 처리가 빠르군요."

"빠른 걸 좋아한다고 들었습니다."

차준후는 슈미트와는 사대가 맞는 느낌이었다.

알아서 척척 움직여 주는 것이 마음에 쏙 들었다.

'기본적인 기술 제휴만 해도 나쁘지 않아. 배울 게 많을 거야.'

오히려 기본적인 기술 제휴라 좋다고 느끼는 차준후였다.

첨단 기술이라면 오히려 국제차량제작이 제대로 따라가지 못한다. 지금 국제차량제작에 필요한 건 첨단 기술이 아니라 기초를 탄탄하게 다질 수 있는 기술들이었다.

"아, 그리고 독일 최고의 소시지 맛집을 예약해 뒀습니다. 업체를 둘러보고 난 뒤에 함께 식사하시죠."

슈미트의 식사 자리 제안은 더욱 차준후를 즐겁게 해 줬다. 그렇지 않아도 어디서 점심을 맛있게 먹을지 고민했는데, 현지인의 추천은 믿을 수 있었다.

벌써부터 점심시간이 기대됐다.

언제나 먹는 것에 진심인 차준후였다.

* * *

벤츠 차량이 강변을 타고 이동했다.

"어제 서독 정부 관계자들과의 거래에서 얻은 게 많네요."

"미국 자동차 제조사들과도 이미 협의를 끝마쳐 놓긴 했지만, 선택지가 많을수록 좋은 법이니까요."

이미 차준후는 국제차량제작이 미국 자동차 제조사들에게 기술 제휴를 받을 수 있도록 협의를 끝마친 상황이었다.

그러나 세계 최고의 자리를 경쟁하는 서독 자동차 제조

사들의 기술들도 선택지에 넣을 수 있다면 마다할 이유가 없었다.

이로써 국제차량제작은 미국과 서독의 대표적인 자동차 제조사들의 기술들을 골라 배울 수 있게 되었다.

"오늘 일정은 대표님이 말씀하신 대로 파독광부와 간호사들과의 만남이에요."

파독 근로자들이 각자 자신의 뜻으로 돈을 벌기 위해 서독으로 향한 것이긴 하나, 어찌 됐든 이들이 피와 땀을 흘려 번 외화가 대한민국의 경제 발전에 크나큰 도움을 준 것은 사실이었다.

그럼에도 원 역사에서 지독한 고생 끝에 귀국했을 때 당시 얻은 병으로 생계유지에 어려움을 겪는 이들이 적지 않았고, 독일에서 얻은 병이라는 이유로 산업 재해로 인정받아 아무런 보상조차 받지 못하곤 했다.

차준후는 이번에도 그러한 아픔이 반복되는 것을 막고자 서독으로 날아온 대한민국 광부와 간호사들과의 시간을 갖기로 했다.

'열심히 일했는데 대우를 받지 못하는 건 최악이지.'

차준후는 애국자들이 잘사는 모습을 보고 싶었다.

그리고 그렇게 되기 위해 기꺼이 도움의 손길을 내밀려고 마음먹었다.

* * *

볕 좋은 날이었다.

아침 근무를 위해 새벽처럼 나온 김미영은 탈의실에서 간호복을 입고 중환자실로 출근했다.

중환자실에는 모두 위급한 환자들만 있었기에 매 순간 긴장의 끈을 놓을 수가 없었다. 특히 그녀가 담당하는 중환자실 구역의 환자들은 대소변을 가리지 못했다.

그리고 이 대소변의 처리를 김미영을 비롯한 한국인 간호사들이 도맡고 있었다. 함께 근무하고 있는 독일인 간호사들과 타국의 간호사들도 있었지만, 그녀들은 대소변 처리를 나 몰라라 했다.

중환자 한 명의 침대로 다가서니 꾸리꾸리한 냄새가 진동했다. 대변 냄새였다.

"환자분, 잠시만 자세를 바꿀게요."

김미영이 간단하게 독일어로 이야기했다.

이 짧은 단어를 내뱉기 위해 얼마나 많은 고생을 했던가.

침대에는 환자의 포지션을 바꾸라는 의사의 지시 사항이 적혀 있었다. 누워 있는 환자를 옆을 볼 수 있게 측면으로 돌리라는 이 지시는 교대하기 전의 간호사들이 했어야 하는 업무였다.

"에휴! 이제 이 사람들은 의사 지시까지 따르지 않네."

자세를 바꾸지 않은 이유는 명확했다. 바꾸다가 대변을 건드려서 커다란 불상사가 일어날 수도 있었기 때문이었다.

교대 시간이 얼마 남지 않았기에 김미영에게 의사의 지시 사항과 대변 처리를 떠넘긴 것이었다.

"이제 놀랍지도 않다."

김미영이 능숙한 손길로 환자의 하의를 벗기고 대소변을 처리하였다. 냄새가 지독하고, 손에 대소변이 묻었지만 그녀의 안색은 평안했다.

타국에서 돈 벌기가 쉽겠는가. 더럽고 치사하지만 꾸역꾸역 버티면서 벌어야만 했다.

그녀가 보내는 돈으로 고향의 친정집은 논밭을 샀고, 얼마 전에는 소도 몇 마리 사서 키우고 있었다. 모두 서독에서 일하면서 가능해진 일이었다.

몇 년 더 고생하고 고향으로 돌아가면 그녀는 가족들과 함께 떵떵거리면서 잘살 수 있었다. 찬란한 장밋빛 미래를 위해 지금의 고생을 웃으며 할 수 있었다.

"이봐! 일을 대체 어떻게 처리하는 거야? 빨리 출근해서 환자를 편안하게 해 줘야 하잖아!"

독일인 수간호사가 그녀를 타박했다.

정상 출근보다 30분 일찍 나왔음에도 불구하고 더욱

빨리 출근하라고 강요를 하고 있었다. 지저분한 대소변을 일찌감치 나와서 처리하라는 부당한 지시였다.

가난한 대한민국에서 온 그녀는 간호사 동료가 아니라 아랫사람, 노예와 같은 대우를 받았다.

불행하지만 이것이 현실이었다.

"알았어요."

김미영은 내일부터는 1시간 일찍 출근할 생각이었다.

병실에서 입김에 센 수간호사와 틀어져 봐야 불편한 건 그녀일 뿐이었다. 이곳 병원에서 그녀를 비롯한 한국인 간호사들은 철저한 약자였다.

그리고 그건 앞으로도 바뀌지 않을 것처럼만 보였다.

처리해야 할 일들이 많아서 김미영은 바쁘게 움직여야만 했다.

수술 전에 환자의 가래를 빼내기 위해 석션을 하고, 관장을 진행하는 환자의 옆에서 대기하고 있다가 오물을 치웠으며, 뇌질환으로 마구 몸부림치는 환자에게 진정제를 투여하였다.

손이 많이 가는 환자들이 계속 등장하였고, 간신히 점심시간이 찾아왔다.

원래는 다른 독일 출신 간호사가 교대하기 위해 중환자실로 와야 했지만 오지 않았다. 중환자실의 환자들을 방치하고 떠날 수 없기에 그녀는 점심을 강제로 건너뛰었다.

"강제 다이어트네."

이런 일이 한두 번이 아니었다. 이제는 그러려니 하고 있었다.

부당한 대우를 수간호사에게 이야기했지만 개선하겠다는 말뿐이었다. 현실은 바뀌지 않았다.

「김미영 간호사, 로비로 와 주세요.」

중환자실의 스피커에서 그녀를 찾는 소리가 들렸다.

중환자실의 문이 열리고 교대하기로 한 독일인 간호사가 황급히 뛰어 들어왔다. 매번 느긋하게 움직이던 그녀가 이처럼 빨리 뛰는 건 처음 보았다.

"빨리 나가 봐요."

"알았어요."

교대한 김미영이 잰걸음으로 이동했다.

로비에 들어서자 잘생긴 차준후가 로비에 많은 사람들과 함께 서 있었다. 그녀는 몰랐지만 차준후와 함께하는 사람들 가운데에는 서독 정부의 고위 관료들도 있었다.

"저들이 우리 병원에 왜 온 거야?"

"아파서 온 건가?"

"멍청한 소리! 저 많은 사람들이 아파서 왔다는 건 말이 안 되지."

갑작스럽게 등장한 높은 관료들 때문에 병원이 발칵 뒤집혔다.

"어? 차준후 대표님. 안녕하세요."

김미영이 고개 숙여 인사했다.

대한민국이 낳은 세계적인 사업가가 아닌가.

바쁜 일상 때문에 세상이 돌아가는 걸 잘 모르는 그녀도 차준후에 대해서는 알고 있었다. 대한민국을 떠나오기 전에 신문에서 차준후를 본 적이 있었고, 여기 서독의 텔레비전에서도 보았다.

"반갑습니다. 김미영 간호사님이시죠?"

"저를 아세요?"

"네. 일 년 전에 대한민국을 떠나 서독에서 간호사로 지내신다고 들었습니다."

"차준후 대표님께서 저를 만나러 오신 건가요?"

"맞습니다. 식사는 하셨어요?"

그녀는 지금 상황이 도통 이해가 되지 않았지만 대답을 하였다.

"아직 먹지 못했어요."

"점심시간인데 못 먹었다는 거죠?"

"교대하는 간호사가 늦게 와서요."

"이런 일이 많나요?"

"종종 벌어지고는 해요."

"그렇군요. 제가 알아보니 출근 시간은 빠르고, 퇴근은 늦게 한다고 들었어요."

"돈 벌기가 쉬운 게 아니잖아요."

"더 일한 시간에 대한 대우는 별도로 받았나요?"

"아니요 그런 거 없어요."

"음! 부당한 대우가 상당하네요."

차준후는 이미 병원에 방문하기 전에 조사를 한 상태였다. 그에 따르면 병원에서 조직적으로 한국인 간호사들에게 부당한 대우를 하고 있었고, 힘들고 더러운 업무 전반을 떠넘긴다는 걸 알았다.

"들으셨죠?"

김운보 변호사에게 말하는 차준후의 음성이 무척 서늘했다. 한국인들이 무시를 받았기에 기분이 매우 나빴다.

"병원을 탈탈 털어 주세요."

차준후는 파독 간호사에게 부당한 대우를 한 병원을 이대로 내버려둘 생각이 없었다.

"네, 대표님."

옆에서 듣고 있던 김운보도 지금 화가 난 상태였다.

제2장.

철퇴

철퇴

 선진국이라고 하는 서독에서 이처럼 한국인 간호사들을 무시하고 핍박하다니.
 어렵고 힘든 일을 맡기고, 잔업을 시키는 것까지는 어떻게든 이해할 수 있었다. 충분한 대가만 지급한다면 말이다.
 그런데 마땅한 보수조차 주지 않고 일을 시킨다면, 이거 노예를 부려 먹은 것이나 마찬가지였다.
 '대표님은 여기까지 예상하신 건가? 항상 몇 수 앞을 헤아리고 계신다.'
 김운보가 혀를 내둘렀다.
 갑작스럽게 서독으로 함께 가자고 한 이유가 바로 여기에 있었다. 이러한 상황을 이미 알고 있었고, 또 해결하기 위해 독일인 변호사들까지 고용한 것이다.

독일인 변호사들의 양복에는 법무법인을 상징하는 배지가 달려 있었는데, 독일에서 세 손가락 안에 드는 일반인들도 한 번쯤은 이름을 들어 봤을 법한 대형 법무법인이었다.

그런데 로비에 저 마크를 달고 있는 변호사들이 얼핏 봐도 대여섯 명이나 됐다. 이건 일개 개인의 변호인단으로 나서기에는 지나치게 과한 구성이었다.

"탈탈 턴다고요?"

김미영의 눈이 커졌다.

결코 가볍게 들을 수 없는 이야기였다.

"부당한 대우를 한 병원에 법적 책임을 물어야지요. 여기 김운보 변호사님을 필두로 여기 계신 변호사분들께서 변호 대리인을 맡아 주실 겁니다."

이들에게 변호를 맡기려면 굉장한 비용이 필요하겠지만, 김미영이 낼 돈은 한 푼도 필요하지 않았다. 모든 비용은 스카이 포레스트가 부담할 작정이었으니까.

파독 간호사는 결코 을이 아니었다. 만성적인 간호 인력 부족을 겪고 있는 서독에게 노동력을 제공하고, 그에 합당한 보수를 받고 있을 하는 공평한 관계였다.

그런데 이런 식으로 대우를 해?

대가를 치르게 해 주마.

"헉! 그러다 저 병원에서 해고당해요."

소송?

김미영은 부당한 대우를 받는 것이 억울하긴 했지만, 소송은 단 한 번도 생각해 본 적이 없었다.

어렵게 온 서독에서 일을 크게 키우고 싶지 않았다. 일을 크게 키워 봤자 손해를 보는 건 약자인 그녀였다. 아무리 억울해도 한국에 있는 가족들을 생각해서라도 마음에 묻어 둔 채 악착같이 버티고 일해야만 했다.

"일자리는 제가 알아봐 드리겠습니다. 일할 만큼 제대로 된 대우를 해 주는 병원으로요. 서독이 아닌 미국의 병원을 소개해 드릴 수도 있고요. 아니면 스카이 포레스트에서 일할 수도 있습니다. 그러니까 걱정하지 말고 소송까지 생각해 보세요. 권리는 남이 주는 것이 아니라 스스로 찾는 겁니다."

아무리 스카이 포레스트에서 모든 변호를 책임져 준다지만 소송이라는 게 간단한 문제는 아니었다. 절대 강요할 수는 없었다.

그러나 차준후는 그녀가 훗날 후회하지 않기를 바라는 마음에 열심히 설득했다. 누구보다 열심히 노력하는 김미영은 더욱 밝은 미래를 누릴 자격이 충분했다.

서독뿐만 아니라 미국에도 간호 인력은 부족했다.

파독 간호사들이 구태여 서독에서 이런 대우를 받고 일할 이유는 어디에도 없었다.

"……해 볼게요."

결의에 찬 김미영이 다부지게 말했다.

이런 제안이자 기회는 아무 때나 오는 것이 아니다. 놓치고 싶지 않았다.

그녀의 표정이 진중해졌다.

권리는 남이 주는 것이 아니라 스스로 찾는다는 차준후의 조언이 심금을 울렸다. 부당한 환경에서 벗어날 수 있도록 손길까지 내밀어 줬는데 망설이며 외면하는 건 어리석었다.

사실 김미영은 억울한 일을 당하고도 아무렇지 않게 넘길 수 있는 성격이 아니었다. 그러나 가족들을 생각하는 마음에 그저 참고 버틴 것뿐이었다.

그런데 차준후가 일자리까지 알아봐 준다는데 더 이상 참을 이유가 없었다.

"잘 결정하셨습니다. 제가 다른 일자리는 물론이고, 소송을 통해 한몫 단단히 챙길 수 있도록 도와드리겠습니다. 그러면 이후 일은 여기 변호사분들게 맡기고 저희는 맛있는 점심을 먹으러 가죠."

이제부터는 변호사들의 몫이었다.

"네."

차준후가 김미영과 함께 병원 근처 유명한 식당을 찾아 움직였다.

그들이 사라진 뒤 병원이 발칵 뒤집혔다. 변호사들이 김미영에 대한 부당한 대우를 주장하면서 병원의 서류들을 요구했기 때문이었다.

차준후가 떠난 병원에서 일이 척척 진행됐다.

"의뢰인 김미영 간호사의 출퇴근 기록지와 업무기록지 사본을 제출해 주세요. 그리고 추가적으로······."

"저기 이러지 마시고 회의실에 들어가서 조용히 이야기합시다. 문제를 키우지 마시고요."

"문제라는 건 이미 알고 있었다는 이야기군요. 잘 알겠습니다."

"그런 의미가 아닙니다."

큰일이 벌어졌다는 걸 직감한 병원 수뇌부가 황급히 변호사들을 만류했다. 이대로 소송이 진행됐다가는 병원이 쑥대밭이 될지도 몰랐다.

그런데 이것으로 끝나지 않았다. 지켜보고 있던 서독 정부의 관료들 얼굴이 붉게 상기되었다.

"대체 이게 무슨 망신인 거요? 귀빈인 차준후 대표를 불러다 놓고 이런 잘못을 저지르면 어쩌자는 겁니까? 말도 안 되는 일이 벌어졌습니다."

"개인의 일탈입니다. 병원에는 아무런 잘못이 없습니다."

"직원들에 대한 관리 감독이 부실했는데, 무슨 궤변입니까? 이대로 넘어가지 않겠습니다. 경찰 조사를 통해 명명백백히 잘못을 조사할 거니 각오하십시오."

고위 관료들이 분노했다.

자국의 간호사들보다 외국에서 일하러 온 간호사에게 더 고된 업무를 맡기는 건 이해할 수 있었다. 팔은 안으로 굽는 법이었으니까.

그러나 그것도 정도가 있는 법이었고, 무엇보다 겉으로 드러나서 치부가 되는 순간 결코 그냥 넘길 수 없는 문제였다.

심지어 상황이 좋지 않았다.

차준후가 이번 일을 통해서 서독에 대해 안 좋은 감정을 갖는다면 순조롭게 진행되고 있던 협상이 파기될 수도 있었다.

보여 주기식으로라도 차준후의 분노를 풀어 줄 필요가 있었다. 병원에게 있어서는 너무나도 엄청난 악재였다.

"김미영 간호사는 대체 누구를 불러온 거야?"

"엄청나게 잘 나가는 사람을 알고 있었던 모양이네. 힘을 숨기고 있던 거라고."

"이제 큰일 났다. 어떻게 해?"

"망했다."

그동안 김미영에게 많은 일을 떠넘긴 수간호사를 비롯한 간호사들의 얼굴이 창백하게 변했다. 서독에서 유명한 법무법인의 변호사들과 정부의 고위 관료들이 병원에 잔뜩 등장했으니 놀랄 수밖에 없었다.

"당신들 그동안 김미영 간호사에게 대체 무슨 짓을 저지른 거야?"

"별다른 일은 하지 않았어요. 그저 평범하게 함께 일했을 뿐이라고요."

"내가 그동안 보고 들은 게 있어. 이 사람아! 당신들은 모두 해고야!"

"잘못했어요. 용서해 주세요."

"당신들이 용서를 빌 사람은 내가 아니라 김미영 간호사야. 그리고 용서를 받는다고 해도 해고라는 사실은 바뀌지 않아."

병원 수뇌부는 수간호사를 비롯한 이번 일을 주도적으로 저지른 사람들을 해고하였다. 꼬리 자르기를 통해 이번 문제를 해결 및 축소하려는 수작이었다.

그런데 거기에 김운보가 한마디 얹었다.

"당신들이 해고를 당하더라도 김미경 간호사에게 폭언과 따돌림 등으로 정신적 고통을 준 건에 대해 민사 소송이 제기될 겁니다."

김운보는 관리 감독을 미흡하게 하고, 합당한 보수도 지급하지 않은 병원에게 행하는 고소와 별개로 수간호사를 비롯하여 김미영을 괴롭혀 왔던 간호사들에게도 민사 소송을 제기할 계획이었다.

철퇴 〈39〉

통역인이 그걸 그대로 독일어로 바꿔서 토씨 하나 틀리지 않고 수간호사에게 알려 줬다.

"저는 그런 적이 없어요. 업무적으로만 지시했을 뿐이라고요."

"법정에서 뵙겠습니다."

창백하던 그녀의 표정이 썩어 문드러졌다.

병원들은 서로 유기적으로 연결되어 있었고, 차준후가 벌인 사건이 빠르게 퍼져 나갔다. 그 결과 한국 간호사들을 노예처럼 부리던 병원 관계자들이 화들짝 놀라고 말았다.

그들은 황급히 부당한 처우들을 개선해 나가기 시작했고, 그동안 지급하지 않았던 잔업 비용과 강도 높은 업무에 대한 추가 수당까지 모두 지급했다.

그럼에도 그들은 변호사들이 찾아올까 봐 전전긍긍하며 파독 간호사들의 근무 환경에 계속해서 신경을 썼다.

차준후는 학센 소시지를 맛있게 먹은 뒤에 김미영과 병원으로 돌아왔다.

"다음에 뵐게요. 오늘 고마웠어요."

"앞으로 힘내세요. 그리고 필요한 도움이 있으면 법무법인에 연락하세요."

"알았어요."

"이제는 참지 마세요."

"네. 부당한 일이 있으면 곧바로 변호사에게 이야기하

려고요."

차준후는 김미영의 배짱과 독기를 높이 평가했다.

그렇게 병원에서의 일을 끝마친 그는 이번엔 탄광 지역으로 출발했다. 탄광에서도 파독 광부들에 대한 부당 대우가 있다는 보고를 받았기 때문이다.

이놈의 서독은 자신들도 노동력이 필요해서 동등하게 협정을 맺고 찾아와 준 사람들을 왜 업신여기는 걸까.

어렵고 힘든 일을 하기 위해 온 건 맞지만 그것도 어느 정도여야지 말을 하지 않는 거다. 대놓고 무시하고 힘든 일만 떠넘기는 건 분명한 부당 대우였다.

가난한 나라에서 왔기 때문에 더 그러는 것일까.

그럼 돈 많으면?

돈 많은 차준후의 등장이다.

"가만히 당하고만 있으니까, 무시를 하는 거다."

차준후는 참지 않았다.

탄광에서의 부당 대우를 터트려서 병원에서처럼 뒤집어엎을 작정이었다. 건드리면 물어 버린다는 걸 제대로 보여 주려고 했다.

* * *

탄광에 들어서면 시간을 알 수가 없다.

시커먼 어둠 속을 밝히는 건 조명뿐이었다.

지하 1,000미터 아래로 내려가기 위해서는 엘리베이터를 타야만 했고, 작업복으로 갈아입은 광부들이 지하 깊숙한 곳으로 향했다.

"물은 챙겼어?"

"네. 수통에 꽉 채웠어요."

지열이 올라오는 더운 지하 탄광에서 8시간을 버텨야만 했기에 물은 필수였다. 막장 깊숙한 곳의 온도는 무려 40도에 육박한다. 조금 일하기 편한 곳은 30도 초반인데, 그런 좋은 작업장은 파독 광부들에게 할당되지 않는다.

가장 더운 곳에서 일하는 파독 광부들에게 물은 생명수나 마찬가지다. 지하로 내려갈 때마다 개개인별로 무려 5리터 정도의 물을 챙겼다.

"도시락은?"

"소시지를 넣어서 챙겼어요."

"독일 소시지가 쫄깃쫄깃하니 맛있더라."

"맛있기는 한데, 김치가 계속 생각나요."

"나도. 김치 먹고 싶다. 한국에 있을 때는 고기가 먹고 싶어서 난리였는데, 서독에 오니 김치의 소중함을 알게 되더라."

김치가 무척이나 생각나는 서독 생활이었다.

분명히 먹을거리는 한국보다 풍족하지만 김치와 꽁보

리밥 등이 계속 뇌리에서 떠나지 않았다.

지하로 내려가는 데 무려 1시간이 넘게 걸린다.

이런 승강기 안에는 15명이 타고 있었는데, 대부분이 한국 사람이었다. 오늘 석탄 채굴을 해야 하는 장소가 무척이나 열악한 곳이라는 방증이었다.

드르륵! 드르륵!

철문이 열렸다.

좁은 지하 광장을 전깃불이 환하게 밝혔고, 여기저기 탄광으로 연결된 레일이 복잡하게 깔려 있었다.

"갱차에 올라타."

독일인 작업반장의 지시에 한국 광부들이 갱차에 올라탔다. 석탄을 캐서 나르는 갱차는 광부들의 이동 수단이기도 했다.

사람들은 태운 갱차들이 레일 위를 덜컹거리면서 내달렸다. 깊숙한 곳으로 들어갈수록 습기가 높았고, 또 숨을 쉬기도 거북했다.

"작업 시작!"

작업반장은 작업을 지시하면서 탄광에 설치해 놓은 기둥이 제대로 작동을 하는지 살폈다. 혹시라도 문제가 있는지 살펴보는 것이었다.

지붕에 문제가 생기면 그야말로 큰일이었기에 신중하게 살폈다.

호벨이라는 자동 채탄기가 가동됐고, 한국 광부들이 굴착기를 가지고 석탄 채취를 시작했다. 한국처럼 곡괭이와 정으로 작업을 하지 않고 기계화가 되어 있기에 생산량이 높았다.

하지만 기계화가 되어 있다고 해도 갱도의 가장 깊은 곳인 막장에서 일하는 광부들에겐 별반 차이가 없었다. 그렇기에 막장으로는 독일인 광부가 아닌 외국인 근로자들이 대부분 보내졌다.

"석탄을 컨베이어에 담아. 게으름 피우지 마. 석탄이 쌓이면 일하기 힘들어져."

자동으로 컨베이어에 담기는 석탄도 있었지만 바닥으로 떨어지는 양도 많았다. 그 많은 석탄을 일일이 컨베이어에 삽으로 퍼 담는 것도 중노동이었다.

"허억! 힘들다."

"겁나게 무겁네."

"이러다 허리 나가겠다."

"아직 결혼도 못했는데 허리 나가면 안 돼."

일반삽이 아니라 석탄삽이었다. 석탄삽은 석탄을 주워 담기 쉽도록 크고 넓은 날을 가지고 있다. 그로 인해 석탄을 잔뜩 담으면 그 무게가 엄청났다.

콰콰콰콰! 콰콰콰콰콰!

자동 채탄기는 그야말로 석탄을 마구 컨베이어로 쓸어

담았다. 비어 버린 지하 공간의 천장이 무너지지 않도록 기둥을 세우는 건 광부들의 몫이었다.

"기둥 제대로 박아! 어설프게 박으면 천장 무너진다."

"생명줄이라는 생각을 가지고 박고 있어."

쇠기둥을 설치하는 일은 중노동 중 중노동이었다.

탄광의 천장이 무너지지 않도록 지탱하는 쇠기둥이니만큼 튼튼해야 했고, 그 무게가 어마어마했다.

그런데 심지어 그런 엄청난 무게의 쇠기둥을 하나도 아닌, 여러 개를 쉴 새 없이 박아야 했으니 엄청난 중노동이 아닐 수 없었다.

가뜩이나 지열 탓에 더위를 버티기 힘든 상황에서 쇠기둥을 박다 보면 제아무리 건장한 사람도 온몸에서 땀이 삐질삐질 새어 나왔다.

"젠장! 돈도 제대로 주지 않고 힘든 일만 시키고 있어."

"아니, 쇠기둥을 박는 작업은 추가 수당이 나와야 하는데 왜 우린 못 받는 거냐?"

"억울해도 어쩌겠냐. 돈은 벌어야 하니 참아야지."

쇠기둥을 설치하는 일은 가장 힘들고 위험한 작업이었기에 추가 보수가 주어지는 것이 원칙이었다. 하지만 지나친 업무 강도 탓에 아무리 돈을 더 준다고 해도 기피하는 작업이기도 했다.

그러나 이곳 광산 기업에서 파독 광부들에게 어떠한 선

택권도 주지 않은 채 강제로 쇠기둥 작업을 떠맡기고 있었다. 더 큰 문제는 심지어 주어져야 할 추가 수당마저 지급하지 않고 있다는 점이었다.

그 탓에 파독 광부들은 보수는 적으면서 어렵고 힘든 일만 떠맡고 있는 실정이었다.

처음에는 자신들이 그런 대우를 받고 있다는 것도 몰랐지만, 추후 독일인 광부들과 친해지면서 진실을 알게 되었다.

파독 광부들은 분노하여 처우 개선을 요구했지만, 광산 기업에서는 들어주지 않았다. 오히려 불평을 늘어놓을 거면 일을 때려치우라는 핍박만 줬다.

고생 끝에 서독까지 온 파독 광부들은 울며 겨자 먹기로 부당함을 그냥 감내할 수밖에 없었다.

참으로 서글픈 이역만리 타국의 노동자 삶이었다.

"허억! 헉!"

"힘들어 뒤지겠다."

삽질과 기둥 설치, 석탄 채광 등 미친 듯이 일하는 광부들의 몸은 까맣게 변해 갔다.

땅속에 처박혀 일하다 보면 시간이 어떻게 흘러가는지 무뎌진다. 그리고 8시간을 꼬박 일하고 난 뒤에서야 결국 퇴근 시간이 찾아왔다.

"자! 오늘도 무사히 하루 작업을 끝냈다. 지상으로 올라가자."

독일 작업반장이 작업 종료를 선언했다.

"끝났다."

"지상으로 간다."

광부들이 엘리베이터를 탑승했다.

어둠을 뚫고 지상으로 올라갔다.

빠르게 올라가는 엘리베이터의 소음이 귀를 때렸고, 귀가 먹먹해지기도 했다. 파김치처럼 몸이 노곤했지만 그래도 지상으로 나간다는 즐거움이 밀려왔다.

광부들이 1시간 가까이 이동해서 다시금 지상으로 올라왔다.

"이야! 공기 한번 시원하다."

"씻고 맥주 한잔하자고."

석탄 부스러기와 가루들을 온몸에 묻힌 그들은 온통 새까맣게 변해 있었다. 샤워실에서 비누로 온몸을 꼼꼼하게 씻어도 피부에 문신처럼 각인되는 석탄 가루를 쉽게 지워 내지 못했다.

한국 광부들이 샤워실로 향하고 있을 때였다.

"안녕하세요."

차준후가 광부들에게 인사했다.

병원을 부조리를 박살 내고 이곳 탄광에 도착한 것이 얼마 전이었다.

그동안 탄광에서 한국인들이 당하는 설움과 부조리를 조사하였다. 그리고 조사할수록 한국 광부들의 부당함을 자세하게 알게 되었고, 분노할 수밖에 없었다.

"누구시죠?"

"바보야! 차준후 대표님이잖아. 얼마 전에 서독에 왔다고 내가 이야기했잖아."

"네! 제가 차준후 맞습니다."

"여기에는 어쩐 일이세요?"

파독 광부들이 해맑게 웃으면서 차준후를 반겼다.

이역만리 서독의 석탄 가루 날리는 광산에서 차준후를 만나게 될 줄 상상도 하지 못했다. 눈이 휘둥그레질 수밖에 없었다.

"여기 광산 기업과 사업적으로 할 이야기가 있어서 왔습니다. 그리고 파독 광부 여러분들과도 만나 할 이야기가 있고요."

차준후는 이곳 광산 기업을 찾아올 때 대한민국의 채광도 기계화하기 위해 장비를 수입하고, 거액의 비용을 들여 선진 기술도 도입하고 싶다는 의견을 타진했다. 덕분에 아주 극진한 대우를 받으면서 광산에 들어설 수 있었다.

이것이 그들의 심장에 비수를 꽂는 일이라는 걸 모르는 서독 광산 기업이었다.

"저희가 지금 지저분해서요. 씻고 나와서 이야기를 나

누겠습니다."

"빨리 씻고 나올게요."

"기다리고 있을 테니 천천히 오세요."

천천히 오라고 말했지만 파독 광부들은 샤워장으로 빠르게 내달렸다. 뭐든 해야 할 일이 있으면 빨리하려는 한국인들이었다.

"자! 여기도 한번 뒤집어 봅시다. 조사는 다 하셨죠?"

차준후가 김운보에게 말했다.

"차고 넘칩니다. 소송을 하면 무조건 승소합니다."

"승소도 중요하지만 파독 광부들의 눈에서 피눈물을 흐르게 한 기업들에 대한 처벌이 꼭 필요합니다."

"형사 고발을 병행할 계획입니다. 형사 처분과 함께 민사 소송을 벌이면 본때를 보여 줄 수 있습니다."

"좋네요. 정부에게도 서독 정부를 압박하라고 이야기해 두겠습니다."

서독으로 근로자를 파견한 건 국가 간의 공식적인 협정을 체결하여 진행된 사안이었다.

그러나 이 협정에는 파독 근로자들의 권리를 보장해 주거나 실질적인 대우를 책임지고 보호해 줄 수 있는 내용이 명확히 명시되어 있지 않았다.

그것이 작금의 상황을 불러일으킨 데 책임이 어느 정도는 있다고 볼 수 있었다.

그렇지만 그렇다고 해서 파독 근로자들을 제대로 대우해 주지 않는다는 건 있을 수 없는 일이었다.
사후약방문이지만 지금이라도 잘못된 걸 개선해야 할 필요성이 있었다. 그러기 위해서 차준후가 팔을 걷어붙이고 나섰다.

* * *

「파견 근로자 처우 및 인권에 대해 전수 조사 실시.」
「부당한 대우에 대한 철퇴를 내린다.」
「관행처럼 이어져 온 부당한 대우를 보면서 부끄러워서 얼굴을 들지 못했다.」
「우리는 뼈저리게 반성해야 한다.」
「약자에게 빨대를 꽂아 이득을 챙긴 파렴치한 범죄자들! 결코 용서해서는 안 된다.」

서독의 신문사들이 일제히 파견 근로자들에 대해 대서특필을 하였고, 방송국에서도 잘못된 관행을 집중적으로 언론이 파헤쳤다.
대대적인 검찰 조사도 이어졌다.
이는 차준후의 요청으로 대한민국의 정부에서 공식적으로 항의를 한 영향도 있지만, 그보다는 서독 정부에서 차준후에게 잘 보이려는 의도가 컸다.
 서독 정부는 대한민국 정부보다 차준후 개인의 눈치를 더욱 살폈다.
 "흠! 열심히 두들기고 있네."
 이른 아침 차준후가 텔레비전을 통해 경찰서로 출두하고 있는 병원과 광산 기업 관계자들의 모습을 지켜봤다.
 경찰서로 출두하는 사람들이 하나같이 얼굴을 푹 숙이고 있었다. 경찰서에 소환되는 사람들의 숫자가 적지 않았는데, 그들은 사람들로부터 무수히 많은 손가락질과 비난을 받았다.

 - 이건 국가적인 망신이야.
 - 당신들 때문에 얼굴을 들 수가 없어.
 - 잘못을 인정하고, 용서를 구해라.

텔레비전에서는 피의자들을 비난하는 목소리가 들려왔다. 경찰서에는 언론 관계자들뿐만 아니라 일반인들도 잔뜩 몰려나와 있었다.
 그만큼 서독인들은 이번 사태를 심각하게 받아들였다.
 지금 서독에는 수많은 나라에서 온 근로자들이 일을 하고 있었다. 파견 근로자인 약자를 괴롭히는 건 어디를 가도 비난받는 일이었고, 이제 고도로 성장하고 있는 서독

사회의 근간을 뒤흔드는 위협이 될 수 있었다.

서독 사회는 빠르게 성장하고 있다 보니 가장 어렵고 빈곤한 처지에 내몰린 파견 근로자들을 제대로 살펴보지 못하는 우를 범했다.

"잘못했으면 처벌을 받아야지요. 얼마나 잘 처벌하는지 지켜볼 겁니다."

차준후는 은근슬쩍 자주 만나는 관료들에게 이번 사건에 대한 강한 처벌을 이야기하고는 했다. 활활 타도록 땔감을 지속적으로 넣어 주는 것이었다.

때릴 때 잘 때려 줘야, 다시는 함부로 하지 못하는 법이다. 어설프게 때리면 다시 또 똑같은 일이 반복되기 마련이니까.

이번 사태를 계기로 파독 근로자들의 삶에 도움이 되었으면 하는 바람이었다. 그러기 위해서는 이렇게 한 번 휘젓고 나가는 것이 아니라 지속적인 관심이 필요했다.

"서독에 제대로 된 한국인 인권 단체를 세워야겠다."

차준후가 계속 서독에 머무르고 있다면 같은 상황이 반복될 일은 없겠지만, 언제까지고 서독에만 있을 수는 없는 일이었다.

그에 차준후는 언제라도 파독 근로자들이 부당한 일을 당하더라도 도움을 청할 수 있는 힘 있는 기관의 설립을 꾀했다.

원래라면 주서독 대한민국 대사관이 이 역할을 해야 했지만, 아직 정치적인 힘이 부족한 그들에게 그것까지 기대하기는 어려웠다.

설령 대사관에서 파독 근로자들이 부당한 일을 겪고 있다는 사실을 알게 되더라도, 그들 또한 눈을 질끈 감고 모른 척할 수밖에 없을 것이었다.

실제로 원 역사에서 그러했고 말이다.

발전에 목마른 대한민국은 경제 개발을 위한 서독의 원조와 파독 근로자들이 벌어 오는 외화 때문에 국민들의 고통을 알면서도 눈감을 수밖에 없었다.

만일 대한민국이 힘을 가지고 있었더라면 달랐겠지만, 이 시대의 대한민국은 서독을 상대로 강경한 태도를 취하기 어려운 부분이 있었다.

그저 지금의 고통을 견디고 나라가 발전을 하면, 후대에는 같은 일이 반복되지 않게 만드리라는 생각을 하는 게 고작이었다.

그러나 차준후의 생각은 달랐다.

"사람이 먼저다."

일자리와 외화가 부족한 문제는 얼마든지 스카이 포레스트에서 다른 방법으로 해결해 줄 수 있었다.

국민들이 고통을 받으면서까지 부당한 대우를 감내할 이유는 없다고 생각했다.

"오늘 하루도 바쁘게 돌아다녀야겠네."

컵에 남아 있는 아이스 아메리카노를 마신 차준후가 몸을 일으켰다.

호텔 창문 밖으로 바람이 시원하게 불고 있었다.

쏴아아! 쏴아아!

싱그러운 나뭇잎들과 풀잎들이 바람에 흔들리면서 짙은 녹음을 내뿜었다.

빠르게 변화하며 성장하고 있는 서독에서 파독 근로자들의 삶이 변화하고 있었다.

연회

 함보른 탄광 지역의 실내 체육관.
 평소 농구, 배구, 핸드볼 등의 경기를 펼치는 체육 시설로 이용되는 장소에 검은 머리 사람들이 많이 보였다. 대한민국에서 서독으로 날아온 파독 근로자들이었다.
 파독 근로자들을 비롯해 체육관에 모여 있는 한국인들만 무려 400명에 달했다. 차준후가 서독에서 고생하고 있는 파독 근로자들을 위로와 격려를 하기 위해 진행하는 연회에 참석하기 위해 모인 이들이었다.
 연회에는 한국인들뿐만 아니라 서독의 주요 관료들도 보였고, 서독의 기자들뿐만 아니라 대한민국에서 날아온 신문기자들도 있었다. 이들 외에도 다른 국가에서 찾아온 관계자들이 상당수였다.

"서독이 나노 징크옥사이드 현지 생산에 대한 이야기를 스카이 포레스트와 하고 있다고?"

"자동차 기술을 제휴하는 조건으로 의논 중이라고 하더라. 코앞에 동독이 있잖아. 자칫하면 공산 진영과 전쟁을 할 수 있으니 발등에 불이 떨어진 거지."

"그런 식으로 따지면 유럽에서 안전한 곳이 어디에 있냐? 모든 국가가 불안해."

"그건 그렇지. 우리나라도 서독처럼 발 빠르게 움직였어야 했는데 아쉽다."

"지금이라도 늦지 않았어."

넓은 체육관 시설이었지만 몰려드는 사람들로 인해 북새통을 이뤘다.

너무 많은 인파가 몰려든 탓에 수많은 경호 인력을 배치하여 인원을 통제해야 하는 실정이었다.

"저기 차준후가 들어온다."

"어디?"

"저기에 있잖아."

"와! 나 직접 보는 건 처음이야. 정말 잘생겼다."

"설레어서 심장이 마구 뛰어? 내 낭군 같아?"

"못 오를 나무 쳐다도 보지 말아야지. 송충이는 솔잎을 먹고 살아야 하는 거라고. 이번에 차준후가 벌인 사건 들었어?"

"못 들은 사람이 있겠니? 신문과 방송에서 마구 때려 대잖아. 그리고 그걸 떠나서 하루아침에 직장의 대우가 달라졌어. 요즘 살맛 난다."

"너도? 내 직장도 그래. 병원 사무장이 찾아와서 서운한 감정 있으면 풀라고 하더라. 그리고 그동안 지급하지 않았던 보수까지 이번에 보너스와 함께 줬어."

검찰 조사를 받고 있는 병원들을 보면서 서독의 다른 병원들이 발칵 뒤집혔다.

남의 이야기가 아닌 것이다. 걸리지만 않았을 뿐이지 상당수 병원들이 알게 모르게 파독 간호사들에게 정당한 보수를 지급하지 않고 있었다.

"우리가 잘못됐다고 이야기할 때는 들은 척도 하지 않더니, 차준후가 말하니 곧바로 고치더라."

"누가 말하느냐가 중요하다는 걸 알게 됐어."

"우리에게도 든든한 배경이 생긴 거야."

"대소변을 이제 한국 간호사들이 전담하지 않아서 너무 좋더라. 솔직히 고역이었거든."

병원에서 어렵고 힘든 일만 맡던 간호사 업무가 새롭게 조정됐다. 여전히 독일 간호사들에 비해서는 조금 힘들었지만, 그래도 얼마 전에 비하면 하늘과 땅 차이였다. 만족스러운 환경 변화였다.

그리고 이건 파독 광부들도 마찬가지이다. 파독 광부들

의 처우도 개선되었고, 어렵고 힘든 업무를 맡을 때는 보수가 늘어났다.

보수 때문에 탄광에 기둥을 세우는 일을 감수하는 파독 광부들도 상당했다. 이왕에 하는 일, 어렵고 힘들더라도 고생해서 많은 돈을 벌겠다는 의지였다.

차준후의 등장과 함께 연회가 본격적으로 시작됐다.

연회 자리를 빛내기 위해 광부들로 구성된 밴드가 악기를 들고 서 있었다.

평소 악기 연주가 취미인 이들은 이역만리 타국에서 외로움과 서러움을 달래기 위해 퇴근 이후 악기를 연주하고는 했다.

그동안 갈고닦은 연주 실력이 그들의 손끝에서 피어났다.

연주곡은 한국인들이 너무나도 잘 아는 애국가였다.

"동해물과 백두산이 마르고 닳도록, 하느님이 보우하사 우리나라 만세!"

차준후는 가슴이 먹먹해졌다. 익숙한 애국가이지만 서독에서 파독 근로자들과 함께 듣다 보니 그 느낌이 남달랐다.

그런데 차준후가 느끼고 있는 감정보다 더욱 크게 받아들이고 있는 건 바로 파독 근로자들이었다.

"흐윽! 애국가가 이렇게 슬픈 음악이었어?"

"얼마 만에 들어 보는 애국가냐? 마음이 찢어지는 것 같아."

"엄마 보고 싶다."

"집에 가고 싶어."

감성 풍부한 여성들이 눈물을 흘렸다.

여기저기서 눈물을 흘리는 여성들이 많았고, 남자들도 애국가를 따라 부르다가 손으로 눈물을 훔쳤다.

"……대한 사람 대한으로 길이 보전하세."

애국가가 끝났다.

훌쩍거리는 울음소리가 그치지 않았다.

"오늘 연회를 마련해 주신 차준후 대표님의 말씀을 듣겠습니다. 모두 박수로 환영해 주십시오."

사회자의 말과 함께 체육관에 박수 소리가 크게 일어났다.

짝짝짝짝! 짝짝짝짝짝!

한국인들이 두 손이 벌겋게 될 정도로 열렬하게 박수를 쳤다. 그들은 차준후가 자리에서 일어나자 태극기를 마구 흔들기까지 했다.

"대한민국 파독 광부, 간호사 여러분! 타국에서 고생하고 있는 여러분에게 국민을 대신하여 우선 감사하다는 인사를 드립니다."

차준후가 허리를 깊이 숙였다.

회귀하고 난 뒤로 이렇게 인사하는 건 처음이었다. 대한민국의 발전을 위해 서독에서 피땀을 흘리는 사람들에게 진심으로 고마움을 표했다.

그 역시 이들의 혜택을 받은 사람이었으니까. 21세기의 대한민국 사람들이라면 누구나 고개를 숙일 수밖에 없었다.

"저희가 더 감사해요."

"정부에서도 우리를 신경 쓰지 않고 있는데, 차준후 대표님이 해 주신 것만 생각하면 눈물이 앞을 가려요."

여기저기서 울음소리가 더 커졌다. 아까는 슬픔과 서러움에 울었다면 이번에는 감동해서 울었다.

"여러분들이 피땀과 눈물로 고생해서 번 돈이 대한민국의 발전에 초석을 쌓고 있습니다. 잘사는 대한민국이 될 수 있도록 저 역시 힘을 크게 보태겠습니다."

차준후는 역사보다 더 잘사는 대한민국이 될 수 있도록 노력하겠다고 결심했다.

"저희도 여기 서독에서 더 열심히 일할게요."

"힘들고 어렵더라도 악착같이 돈을 벌겠습니다. 그래서 한 푼도 쓰지 않고 고국으로 송금하겠습니다. 대한민국의 발전에 써 주십시오."

차준후의 연설을 듣고 있던 간호사와 광부들이 마구 소리쳤다. 어떻게 하면 하나라도 더 대한민국에 도움이 될지 생각하고 있는 사람들이었다. 진짜 애국자들이다.

이런 사람들이 더 나은 삶을 살기를 차준후는 원했다.

"제가 미약하나마 여러분들을 위한 인권 단체를 설립하려고 합니다. 앞으로 어렵고 힘든 일이 생기면 인권 단체에 진정을 해 주십시오."

이미 서독 정부에는 인권 단체 설립 인가를 얻은 상태였다.

이 인권 단체가 설립되면 이제 차준후가 없더라도 파독 근로자들에게 법적인 문제가 발생하더라도 하나부터 열까지 모든 부분을 도와줄 수 있을 것이었다.

"인권 단체라고요?"

"그 말씀이 정말인가요?"

"언제 설립되는 건가요? 제가 동료 간호사에게 돈을 빌려주고 못 받았는데, 이런 것도 해결해 주실 수 있나요?"

파독 근로자들이 인권 단체 설립을 크게 반겼다.

차준후의 이야기는 큰 반향을 일으켰다.

김미영 간호가 대표로 연설이 끝난 차준후에게 다가가서 꽃다발을 건넸다.

"꽃다발을 받아 주세요."

"감사합니다."

"많은 일을 해 주셔서 너무 고마워요."

"앞으로도 힘든 일이 있으면 참지 말고 부딪치세요. 그리고 힘에 부치면 인권 단체에 도움을 청하시고요. 그래도 안 되면 저한테 편지를 보내세요. 서독으로 달려오겠습니다."

"대표님 덕분에 살맛 나요."

차준후가 웃으며 김미영와 악수를 나눴다.

김미영뿐만 아니라 모든 파독 근로자들이 차준후와 악수를 나누고 싶어 하였다.

"이리로 오세요. 악수합시다."

차준후가 사백여 명의 사람들과 일일이 악수하며 인사를 나눴다. 인사를 주고받으면서 연회의 분위기는 뜨겁게 달아올랐다.

"이제 곧 대화를 할 수 있겠구나."

"기다려야 합니다. 괜히 먼저 대화하겠다고 나섰다가는 오히려 역효과만 볼 수 있어요."

"왜 이렇게 차준후 대표를 만나려는 사람이 많은 거야?"

"얻을 게 많기 때문이지요. 우리도 그렇잖습니까. 다 똑같은 처지인 거죠."

파독 근로자들이 감정을 공유하며 서로를 위로하고 있을 때, 세계 각지에서 몰려든 정부와 기업 관계자들은 차준후의 주변을 맴돌며 그 모습을 지켜만 보고 있었다.

아무리 마음이 급해도 지금은 끼어들 분위기가 아니었다. 차준후와 대화를 나누는 건 한국인들만의 시간이 모두 끝난 후에나 가능할 듯 보였다.

차준후가 마침내 마지막으로 줄을 섰던 파독 근로자와 악수를 끝마치자, 그 모습을 지켜보고 있던 각국의 정부와 기업 관계자들은 재빨리 차준후에게 다가섰다.

LNG 관련 특허는 이제 제법 많은 각국의 정부와 기업이 거래를 끝마쳤지만 나노 징크옥사이드와 관련하여 새로운 협의를 하고 싶어 하는 곳도 있었고, 아직 LNG 관련 특허조차도 협의를 끝마치지 못한 곳도 있었다.

LNG와 나노 징크옥사이드는 세상을 뒤집어 놓을 정도로 엄청난 가치를 지닌 기술들이었다. 조금이라도 다른 곳보다 빠르게 협의를 끝마쳐서 시장에 뛰어들수록 세계 경쟁에서 앞서 나갈 수 있었다.

그런데 좀처럼 만나기 쉽지 않은 차준후와 대면해서 이야기할 수 있는 절호의 기회가 찾아온 것이었다. 그들은 남들보다 조금이라도 더 빨리 차준후와 대화를 나누기 위해 서둘러 움직였다.

"오랜만입니다, 차준후 대표님."
"그동안 잘 지내셨나요?"
"대화의 시간을 가지고 싶습니다."

웃으며 다가온 이들 중에는 차준후와 안면이 있는 자들도 제법 많았다.

"자! 저를 찾아오신 유럽 각국의 분들과의 대화는 체육관이 아닌 다른 곳에서 하겠습니다. 이 자리의 주인공은 제가 아니라 파독 광부와 간호사들이니까요."

차준후는 자신을 찾아온 이들과의 대화를 잠시 미뤘다.

약간 과한가?

물론 약속을 잡고 찾아온 것도 아니기에 차준후가 일일이 상대해 줄 이유는 없었지만, 그래도 먼 곳까지 직접 찾아와 준 이들을 소홀히 대하기만 하는 것도 예는 아니었다.

사실 지금 당장 이들과 대화를 나눠도 상관없었다.

그러나 지금 이 자리에는 차준후와 대화를 나눠 보고 싶어 하는 듯한 눈치를 보이는 파독 근로자들이 여럿 보였다.

차준후는 중요한 거래가 될 수 있는 관계자들이라지만, 지금 이 순간만큼은 파독 근로자들과의 시간이 더 중요하게 생각하고 싶었다.

"알겠습니다. 저희들은 기꺼이 기다릴 수 있습니다."

"저희도 마찬가지입니다. 약속을 잡지도 않고 찾아왔는데 시간을 내주시는 것만으로도 감사하죠."

오랜 시간을 기다렸지만, 차준후와 대화를 나눌 수만 있다면 조금 더 기다리는 것 정도는 아무것도 아니었다.

그러나 몇몇 이들은 이 먼 곳까지 찾아온 자신들을 홀대한다는 생각에 불쾌감을 드러내며 얼굴을 찡그리기도 했다.

그들은 하나같이 사회적 신분이 높았기에 이런 대우를 받을 일이 없었다.

하지만 차준후를 상대로 일반적인 경우가 똑같이 통용되지 않는다는 걸 이젠 그들도 잘 알았기에 다가왔던 속도만큼 재빠르게 물러났다.

"김치가 정말 맛있게 버무려졌네요. 유럽으로 오니 김치가 가장 생각나더군요."

차준후가 조금 떨어져 있는 간호사와 광부들이 모여 있는 한국인 테이블로 이동했다.

"그렇죠. 저도 마찬가지입니다."

"얼마 만에 간장게장을 먹어 보는지 몰라요. 이걸 먹고 싶어서 정말 죽을 뻔했어요."

"간장게장은 밥도둑이죠."

각국의 관계자들을 뒤로한 채 차준후는 파독 근로자들과 함께 식사를 즐기며 대화를 나눴다.

독일의 일류 요리사들이 만든 독일 전통 음식들도 많았지만, 파독 근로자들의 손은 대부분 한식으로 향했다. 한국에서는 그렇게 지겹도록 먹었던 김치인데, 왜 외국으로 나오니 이렇게 찾게 되는지 참으로 신기했다.

간만에 먹는 한식들은 여느 일류 호텔에서나 맛볼 수 있는 고급 음식들보다도 더욱 맛있었다. 적어도 파독 근로자들은 그렇게 느꼈다.

"저희랑 있어 주셔서 고맙기는 한데, 저분들과 대화를 먼저 하셔야 하는 거 아닌가요? 높으신 분들 같은데……."

"저희들은 신경 쓰지 않으셔도 됩니다. 저분들과 먼저 만나 보셔도 모두 이해할 겁니다."

"괜찮습니다. 기꺼이 기다려 준다고 하셨잖아요."

차준후가 어깨를 으쓱거렸다.

한국인들의 연회에 저들이 참석한 것이다. 아니, 끼어들었다고 하는 표현이 적당할지도 몰랐다.

멀리서 찾아온 손님이기에 안으로 들이기는 했지만, 어찌 됐든 이들은 정식으로 연회에 초대받지 못한 불청객이었다.

그리고 이들의 용건은 당장 일분일초가 급한 시급한 사안은 아니었다. 적어도 차준후에게는 말이다.

'그럴 리가 없잖아요!'

'빨리 대화하고 싶어서 전전긍긍해하고 있는데요?'

'차준후 대표는 높은 사람들 앞에서도 눈치 보지 않고 자유롭구나.'

한국인들의 눈에 비친 각국의 관계자들은 마지못해 양보한 기색이 역력했다.

서독에서 눈칫밥을 먹으면서 눈물겨운 생활을 해 온 그들이었다. 척 보면 알았다.

"오늘 연회의 주인공은 여러분들입니다. 주인공들을 쫓아내는 손님은 어디에도 없습니다."

차준후도 각국의 관계자들이 불편해하는 기색을 느꼈지만 가볍게 무시했다. 연회를 즐기고서도 충분히 저들과의 일과 관계를 해결할 수 있었다.

"그래도 걱정이 되네요."

"걱정은 하지 않으셔도 됩니다. 저를 믿으세요."

차준후가 웃으며 자신감을 드러냈다.

걱정해 주는 사람들이 고마웠지만 이곳에서 가장 강한 힘을 발휘할 수 있는 사람은 차준후였다. 눈치를 봐 가면서 행동할 필요가 전혀 없었다.

"잘됐네요. 솔직히 대표님과 더 많은 시간을 보내고 싶었거든요."

"저도요."

"또다시 만났으면 하는 욕심도 있는데, 그건 정말 욕심인 것 같고요. 오늘 최대한 대표님의 얼굴을 많이 볼 겁니다."

한국인들이 웃었다.

그들도 자신들을 진심으로 대해 주면서 따뜻하게 배려해 주는 차준후와 헤어지기 싫었다. 차준후를 중심으로 한 한국인들의 연회가 즐겁게 계속 이어졌다.

그렇지만 끝나지 않는 연회는 없는 법!

결국 작별의 시간이 다가왔다.

"대표님이 해 주신 은혜를 영원히 잊지 않겠습니다."

"감사합니다."

"은혜라니요. 그 정도는 아닙니다. 저를 비롯해서 대한민국은 여러분들의 피, 땀, 눈물을 잊지 않고 있습니다."

차준후가 직접 눈으로 보면서 파독 근로자들을 설움과 아픔을 목격했다.

쉽게 버텨 내기 어려운 환경이었다. 만약 다른 대안이 있다면 일자리를 때려치웠을지도 몰랐을 정도다.

그럼에도 불구하고 파독 근로자들은 버티고 또 버텼다.

이들의 아픔을 통해 벌어들인 외화는 그저 단순한 돈이 아니다.

어렵고 힘든 시절 최빈국 대한민국은 이들이 보내 준 달러를 성장하는 데 있어 요긴하게 사용했고, 그 성장의 달콤한 과실은 고아원의 원생인 임준후에게 사용됐다.

말이 많고 탈도 많은 대한민국 복지 환경이지만 고아원의 운영될 수 있었던 건 대한민국 정부의 지원이 있었기에 가능했다.

임준후는 세금으로 어린 시절과 학창 생활을 보냈다.

임준후가 잘 자랄 수 있었던 배경에는 간접적으로 파독 근로자들의 달러가 있었기에 가능했다고 봐도 아주 무리는 아니었다.

진짜 가난한 국가에서는 고아를 비롯한 가난하고 불우한 이웃들에게 베풀 수 있는 여력이 없다.

받은 만큼 베푼다고, 차준후는 임준후로 있었을 시절의 혜택을 어마어마하게 증폭하여 1960년대에 되돌려주고 있었다.

* * *

차준후의 서독 방문 활동은 무척이나 분주했다.

파독 근로자들과의 만남 및 인권 단체 설립 등 외에도 서독에서 해야 할 일들이 많았다. 꼭 필요하다고 생각되는 곳들을 한 번씩 다녀왔다.

가난한 대한민국이 싫은 차준후는 서독의 많은 기업들을 방문하였고, 필요한 장비와 기술 등을 쇼핑하였다. 평소보다 부지런하게 돌아다니는 차준후의 행보는 대한민국을 부유하게 만드는 밑거름이 되기에 충분했다.

차준후가 탑승한 차량이 도로를 가로지를 때 앞뒤로 서독 경찰들이 길을 터 주며 경호를 해 주었다.

서독 정부는 사실상 차준후에게 의전을 행하고 있었다. 그만큼 차준후를 중요하게 생각하고 있다는 의미였다.

비록 공식적인 의전은 아니었지만, 한 나라의 정부가 기업인에게 의전을 행한다는 건 굉장히 의미가 컸다.

이미 덴마크에서도 전세기를 받는 등 의전을 받아 보았던 차준후지만, 이런 일은 아무리 겪어도 좀처럼 익숙해지지 않았다.

서독 정부는 차준후가 부담스러워하는 것을 아랑곳하지 않고 그들이 할 수 있는 최대한의 대우를 해 주었고, 그것은 그만큼 서독이 차준후의 방문으로 많은 걸 얻었기 때문이었다.

나노 징크옥사이드 건을 제외하고도 일례로 차준후는 서독방직기계협회를 방문해서 방직 기계 수입과 제작에 대한 논의를 거쳤다.

대한민국에서는 방직 기계를 전부 수입에 의존해 왔는데, 서독에서 더 많은 물량을 수입하는 조건으로 조금 더 저렴하게 구매할 수 있는지와 방직 기계 제조 기술을 제휴해 줄 수 있는지 타진하는 자리였다.

대한민국에서 의류는 수출의 효자 상품이 되는 분야였고, 방직 기계 생산은 섬유공업 발전에 일대 전기를 가져올 수 있는 획기적인 사업이었다. 게다가 기계공업 육성에 크게 공헌할 수 있는 기회이기도 했다.

서독은 인건비가 높아지고 3D 업종의 기피 현상이 심해지면서 의류 산업이 점자 쇠퇴하고 있었다.

이런 판국에 차준후의 접근 및 제안은 서독방직기계협회에 아주 좋은 기회였다.

전에 박정하 의장이 서독을 방문하기도 했는데, 차준후의 방문으로 대한민국과 서독이 더욱 가까워질 수 있는 장이 마련됐다.

그렇게 서독에서의 급한 일정은 끝마친 차준후는 뒤이어 세계 각국에서 찾아온 정부, 기업 관계자들과 만남을 가졌다.

스카이 포레스트는 굉장히 다양한 사업을 펼치고 있었고, 그만큼 그들의 제안도 각양각색일 수밖에 없었다.

너무나도 많은 안건에 차준후는 머리가 지끈거릴 지경이었다.

"어제 일들이 너무 많았는데, 괜찮아요?"

"이 정도는 무난해요. 한국에 있었을 때보다 업무량이 적어요."

"……제가 미안하네요."

차준후가 실비아 디온에게 고개를 숙였다.

사실 과도하게 많아서 속된 말로 살인적인 업무의 양이었다. 만약 차준후에게 이런 업무량이 지속적으로 쏟아진다면 사표를 냈을지도 몰랐다.

"재미있으니까 미안해하지 않으셔도 돼요."

실비아 디온을 즐기면서 일하고 있었다.

그녀는 지금껏 비서실장으로서 홍수처럼 밀려드는 수많은 업무들을 한 치의 차질도 없이 완벽하게 처리해 냈다. 업무 시간 내에 모든 일을 깔끔하게 처리하는 대단한 능력자였다.

일을 하면서 자신의 능력을 뽐내는 걸 좋아하는 유형이었다. 그렇기에 중추적인 역할을 맡아서 일 처리를 하는 걸 즐겼다.

"저 때문에 고생을 많이 한다는 걸 알고 있는데, 그렇게 말해 주니 정말 고마워요."

일하기 싫어하는 대표 때문에 업무가 실비아 디온에게 과도하게 집중되는 형국이었다. 만약 실비아 디온이 없었다면 스카이 포레스트에 난리가 벌어졌을지도 몰랐다.

굵직굵직한 업무는 차준후가 처리하고 있었지만 세밀하고 꼼꼼하게 신경 써야 하는 부분은 실비아 디온이 처리했다.

그리고 이런 업무 처리는 서독으로 와서도 크게 바뀌지 않았다.

"정치인들 만나는 게 쉽지가 않네요."

차준후가 쓴웃음을 지었다.

이번에 만난 정치인들 가운데에는 속에 능구렁이를 수십 마리 가진 것처럼 노회한 자들이 많았다. 각국에서 명성이 높은 정치인들이니까 어떻게 보면 당연한 이야기인지도 몰랐다.

산전수전을 다 겪은 정치인들을 상대한다는 건 쉽지 않

은 일이었다.

"그건 그렇죠."

"실비아 덕분에 잘 대처할 수 있었어요."

"제가 아니더라도 대표님은 잘하셨을 거예요."

실비아 디온은 단순히 경제적인 면만 탁월한 것이 아니었다. 정치적인 감각이 무척이나 탁월했다. 상류층 가문에서 살았기 때문인지, 각국의 정부 관계자들을 대하는 데 있어 마치 물고기가 물에서 헤엄을 치는 것 같았다.

"그거야 그럴 수도 있죠. 그렇지만 더 피곤해졌을 건 분명해요."

"대표님의 위치가 있으니 이제 정치인들과의 만남에 익숙해질 필요가 있어요."

실비아 디온이 조언했다.

"사업적으로 크게 성공한다는 건 피곤한 일이네요."

돌이켜보면 차준후는 이렇게 스카이 포레스트가 커지게 될 줄은 스스로도 생각지 못했다.

그저 화장품을 만들고 싶었을 뿐인데…….

그 과정에서 이것저것 떠오른 걸 시도해 보고, 대한민국을 발전시킨다고 여러 가지 일들을 벌이다 보니 여기까지 오게 되었다.

다른 사람들 앞에 나서기보다는 연구실에서 홀로 연구를 하는 게 적성에 더 맞는 차준후로서는 이런 지나친 관심은 거북할 수밖에 없었다.

"이제 대표님의 자리는 누구도 대신할 수가 없어요. 거북스럽다고 해서 외면할 수 있는 일이 아니에요."

실비아 디온이 진심을 담아 조곤조곤 이야기했다.

그녀는 차준후가 타인의 관심을 부담스러워하고, 조금은 느긋하고 여유롭게 일하고 싶어 한다는 걸 잘 알았다.

그러나 주목받기 싫다고 부르짖으면서도 매번 세상을 놀라게 만드는 사고를 쳐 댔다. 너무 많은 사고를 저질렀기에 이제는 되돌릴 수가 없었다.

익숙해질 수밖에.

곁에서 일 처리를 도울 수는 있어도, 결국 중요한 협의와 결정은 차준후의 몫이었다. 아무리 그녀가 유능해도 그 몫을 대신 짊어지는 건 어려웠다.

세계 각국에서 몰려드는 이들은 실비아 디온이 아닌 차준후를 만나고 싶어 했고, 스카이 포레스트의 최종 의사 결정은 차준후가 내려야만 했다.

"제가 해야 할 일들은 할게요. 그래도 앞으로 많이 도와주세요. 실비아 비서실장이 없으면 안 돼요."

차준후가 간절히 부탁했다.

실비아 디온이 창업을 한다고 떠나가면 그야말로 큰일이었다. 어떻게든 오랫동안 붙잡고 있어야 할 사람이었다.

"물론이죠."

실비아 디온이 환하게 웃었다.

간절하게 원하고 있는 차준후의 말이 그녀의 마음을 온통 뒤흔들어 놓았다. 여자로서가 아니라 비서실장을 원한다는 걸 알기는 했지만 그래도 좋았다.

다 이렇게 시작하는 거지.

"오늘 일정들은 어떤가요?"

"서독의 중소기업들과의 만남이 예정되어 있어요. 대표님이 말씀하신 것처럼 기술 제휴에 적극적인 플라스틱, 철강, 시멘트, 건설사 등의 중소기업들을 선정했어요."

오늘도 쉴 틈 없이 꽉 차 있는 스케줄에 차준후는 쓴웃음을 지을 수밖에 없었다.

경제 대통령

 만남이 예정된 서독의 중소기업이 무척이나 많았다. 며칠은 쉬지 않고 움직여야 모든 중소기업들을 만나 보는 게 가능할 정도였다.
 보통의 경우라면 차준후가 이처럼 바쁘게 움직이진 않았을 것이었다.
 그러나 이번엔 경우가 달랐다.
 "스카이 포레스트의 성장에 밑거름이 될 기술들이 많으니 힘들어도 어쩔 수 없네요."
 제조업 전반에 걸쳐 세계 최고 수준에 올라서 있는 서독답게 중소기업들도 높은 기술력을 지니고 있었다. 그리고 그중에는 아직 스카이 포레스트의 미흡한 부분들을 채워 주기엔 충분한 기술들도 많았다.

스카이 포레스트는 더욱 성장할 기회를 가질 수 있고, 스카이 포레스트의 성장은 자연스럽게 대한민국의 발전으로 이어진다.

그것이 일하기 싫어하는 차준후가 바쁘게 움직이며 서독의 중소기업들을 만나러 다니는 이유였다.

"후보 리스트를 추리느라 고생 많으셨어요."

"서독 정부에서 신경을 많이 써 준 덕분에 힘들지 않았어요. 저희의 요구 사항에 맞춰 서독 정부에서 먼저 리스트업을 제공해 줬거든요. 잘 정리된 리스트에서 고르기만 하면 돼서 굉장히 편했어요."

실비아 디온은 주변의 모든 걸 잘 이용했다.

그것이 국가라고 해도 달라지는 건 없었다.

어떻게 보면 차준후보다 배포와 사업을 하는 감각이 더 날카롭고 예리했다. 과연 세계 10대 무역상사의 한 곳을 만들어 내는 인물답다고 할 수 있었다.

서독 중소기업에 대해 일일이 알아보려고 했다면 크게 고생을 했을지도 몰랐지만 서독 정부의 협조가 무척이나 적극적이었다. 스카이 포레스트와의 협력이 국익에 크게 도움이 되기 때문이었다.

물론 서독의 중소기업들이 경쟁력이 높은 기술들을 제휴해 주지는 않는다. 이제는 한물이 간 예전의 기술들이나 창고에 처박은 기계 장비들을 주려고 할 게 뻔했다.

그러나 1960년대의 대한민국에는 이것들만 해도 감지덕지였다. 애당초 높은 기술들을 전수해 줘도 제대로 활용할 수 있는 능력이 없었다.

차근차근 단계적으로 성장하다 보면 21세기의 대한민국 기업들처럼 세계적인 경쟁력을 갖추는 것이 가능해진다.

"세계적인 경쟁력이 있는 중소기업들이에요."

"그렇더라고요."

차준후도 들어 봤을 정도로 유명한 중소기업들이 포함되어 있었다.

차준후는 대한민국의 선진 기술을 도입할 때 미국을 많이 의존했다. 덕분에 대한민국의 발전이 빨라질 수 있긴 했지만, 지나치게 미국에게만 의존한다면 자칫 기술적 종속이 이루어질 수도 있었다.

기회가 있을 때 다양한 국가와 기술 제휴를 맺으며 대한민국 산업의 기틀을 체질적으로 바꿔야 했다.

"이렇게 서독 정부가 협조해 주니 마치 경제 사절단처럼 느껴지네요."

"경제 사절단보다 더 영향력이 크죠."

"그래요?"

차준후가 눈을 끔벅거렸다.

스카이 포레스트의 영향력이 한 국가의 경제 사절단 규

모라니.

"미국에서 대통령을 따라서 오는 경제 사절단들도 대표님처럼 의전을 받지는 못해요."

실비아 디온이 차준후의 위치를 알려 줬다.

서독은 자존심이 대단히 강한 국가이다.

격에 맞는 의전을 해 주지, 요구한다고 해서 들어주는 절대 국가가 아니다. 그런 서독이 차준후에게 알아서 의전을 해 주고 있다는 건 그만큼 대단한 일이다.

의전에 대한 부분은 차준후가 제대로 알지 못했다.

그냥 해 주니까 받아들이고 있었을 뿐이었다.

지금 받는 의전이 대단한 거였구나.

"이제 알았네요."

"의전 대우가 좋기는 한데, 그래도 대표님에게 어울리지는 않죠. 대통령급으로 받아야 맞다고 생각해요."

실비아 디온은 지금보다 더욱 높은 한 나라의 국가급 원수의 의전을 원했다.

"그건 너무 나간 거죠."

차준후가 고개를 가로저었다.

"아니에요. 대표님은 대한민국의 경제 대통령이나 마찬가지이니 국가급 의전이 틀린 건 아니에요."

매번 똑소리 나는 실비아 디온이지만 차준후와 관계된 부분에서는 맹목적인 신념이 있었다. 그리고 사실 차준후가 적극적으로 요구하면 국가급 의전을 받을 가능성도 있기는 했다.

"경제 대통령이란 말은 하지 마세요. 잘못하면 큰일날 수도 있어요."

차준후가 주의를 당부했다.

권력은 부자지간에도 나누지 않는다고 했다.

그렇지 않아도 지금 이런 이야기들 때문에 대한민국이 약간 소란스러웠다.

실제로 민권 이양 이후 차준후가 대통령이 되어야 한다는 이야기들이 세간에서 떠돌았다.

경부고속도로와 강남 개발, 울산공업단지 조성 등 대단위 기간 산업과 함께 국민들이 잘살 수 있도록 배려하는 여러 정책으로 차준후에 대한 국민들의 호감은 하늘을 찌를 정도였다.

차준후가 대통령 후보로 나선다면?

인기로만 대통령이 되는 것이 아니었기에 단정 지을 수는 없지만 박정하보다 당선될 가능성이 더욱 높을지도 몰랐다.

실제로 박정하의 최측근들은 차준후의 정치권 참여에 대해 굉장히 큰 부담감을 가지고 있었다. 그렇기에 항상 긴장한 상태로 차준후를 예의주시하였다.

최악의 경우, 서슬 퍼런 중앙정보부가 차준후를 잡아다

가 남산의 모처에 감금할 수도 있었다. 실제로 유력한 정치인을 감금해서 죽이려고 한 전적이 있는 중앙정보부였다.

이번 사태의 당사자라고 할 수 있는 박정하는 차준후의 정치 참여 가능성이 전무하다며 무사태평한 상태였다. 정치에 대한 차준후의 혐오감을 잘 알고 있기 때문이었다.

"음! 대한민국의 분위기상 그렇긴 하네요. 제가 깜빡했어요."

실비아 디온이 혀를 내밀면서 귀여운 표정을 지었다.

깜빡했다고요? 그럴 리가.

다 알고 있으면서도 차준후의 높은 위치를 알려 주기 위해서 이야기한 것이다. 그리고 그것보다 혀를 내미는 귀여운 자세를 취하려고 한 것인지도 몰랐다.

노린 거다.

'귀엽네.'

차준후가 실비아 디온을 보면서 느낀 감정이었다. 아름다운 미녀가 귀여운 행동을 벌이니 무척이나 시각적으로 산뜻해지는 느낌이었다.

"차츰 시간이 지나면 대한민국도 미국처럼 자유로워질 겁니다. 제가 그렇게 만들 겁니다."

차준후가 웃으면서 실비아 디온의 귀여운 모습을 받아 줬다.

현재 군사정부의 대한민국은 참으로 살기 힘들었다. 말 한마디를 할 때도 정부의 눈치를 봐야 하니, 어르신들의 표현을 따르면 그야말로 말세였다.

대한민국 국민들이 자유롭게 의사를 표현하고 살아가기 위해서는 변화가 필요했고, 그 변화를 위해 차준후는 노력을 아끼지 않을 생각이었다.

"대표님이 만들어 가는 대한민국이요? 정말 기대되네요."

"제가 아니라 국민들 모두가 합심해서 만들어 가는 대한민국이죠."

차준후가 다시금 정정해 줬다.

한 나라를 바꾸는 일을 아무리 뛰어난 인물이라 할지라도 일개 개인이 해낼 수 있을 리 없었다.

차준후는 자신의 역할은 이정표를 만들어 주고 앞에서 이끄는 것일 뿐, 결코 혼자서 나라를 바꾸어 가는 것이 아니라고 생각했다.

"대표님의 마음을 잘 알았어요. 주의할게요."

실비아 디온이 고개를 주억이면서 밝게 웃었다.

실질적으로 대한민국을 이끌어 가면서도 겸손해하는 차준후의 모습이 싫지 않았다. 그러면서도 각별하게 자신을 신경 써 주고 있어서 더욱 기분이 고양됐다.

'그래도 박정하 군사정부보다 대표님이 더 빛나는 건

사실이에요.'

그녀는 차준후를 군사정부보다 높이 평가했다.

원래 정부라는 건 기간을 정해 두고 권력을 차지하는 시한부 생명이다. 시한이 다하면 다음 정권에게 권력을 넘겨줘야만 한다.

지금 박정하 군사 정권이 서슬 퍼런 권력을 남용하고 있지만, 그 생명력이 스카이 포레스트에 비해서 절대 길지 않았다.

물론 치열한 경쟁을 펼치기 때문에 기업이라고 해서 영속한다고 장담할 수는 없다.

그러나 스카이 포레스트의 성장은 오랜 시간 계속될 수밖에 없다는 게 업계의 중론이었다. 화장품, LNG 등의 산업에서 기초적인 원천 기술과 소재를 가지고 있기 때문이었다.

스카이 포레스트의 원천 기술과 소재를 활용하지 않으면 시장 진입이 어려웠다. 가만히 앉아서 세계 각국의 기업들로부터 엄청난 이익을 올리고 있는 스카이 포레스트였다.

스카이 포레스트는 지금 상태로만 가만히 있어도 족히 수십 년은 잘나갈 수 있었다. 이런 스카이 포레스트와 일시적인 권력을 차지한 정권의 생명은 비교할 수가 없었다.

군사 정권이 독재를 한다고 해도 그 기간이 기껏해야 얼마나 가겠는가.

칼로 흥한 자, 칼로 망한다고 했다.

그녀는 군사정부의 미래가 그다지 길지 않다는 진실을 명석한 두뇌로 이미 알고 있었다. 독재자의 말로가 좋지 않다는 진실은 세계의 역사가 증명하였다.

* * *

서독에서 귀국하는 날이 도래했다.

서독의 고위 관료들이 마중을 나온다고 했지만 차준후가 완곡히 고사했다. 서독을 떠나는 날까지 고위 관료들을 얼굴을 보고 싶진 않다는 마음이 컸다.

생각보다 일이 많아졌기에 원래 예정되어 있던 귀국보다 늦어졌다. 차준후가 실비아 디온을 비롯한 실무진들과 함께 스카이 0417에 오르기 위해서 VIP 통로로 들어서고 있었다.

서독으로 왔던 인원들 가운데 모든 사람들이 귀국하는 것이 아니었다. 협의해야 할 부분들이 남아 있었고, 또 서독에서 보내야 하는 장비와 시설들을 직접 살펴볼 사람들도 필요했다.

"남은 일을 잘 부탁합니다."

"최선을 다해서 대표님의 믿음을 실망시키지 않겠습니다."

서독에 남게 된 책임자 남광표가 차준후에게 힘 있는 목소리로 답했다.

"믿습니다."

차준후가 남광표를 비롯한 잔류 직원들과 일일이 악수를 나눴다.

"고생하세요."

"고생이라니요. 당치도 않습니다. 이런 고생이라면 사서도 할 수 있습니다."

"맞습니다. 저희는 절대 고생이라고 생각하지 않습니다, 대표님."

"이런 좋은 기회를 주셔서 감사할 따름입니다."

남광표를 비롯한 직원들은 대부분 서로 서독에 남겠다고 난리였었다.

차준후가 서독에서 열정적으로 돌아다니면서 성과를 낼 수 있는 수많은 기회의 장이 열렸다. 지금만 해도 대단한 성과이지만 얼마나 더 크고 탐스러운 과실로 성장시키느냐는 서독에 남을 실무진들의 역량에 달려 있었다.

"좋네요. 성과만 내세요. 그러면 제가 보상을 확실하게 하겠습니다."

차준후가 잔류 직원들에게 약속했다.

열심히 일하려는 직원들에게 당근을 제시해야지.

"성과로 보여 드리겠습니다."

"대표님이 기대하는 성과 그 이상을 만들겠습니다."

"약속하신 그 보상을 제가 받을게요."

직원들이 환호했다. 달콤한 보상은 직원들을 열심히 일하게 만드는 데 있어 최고의 당근이었다.

이제 직원들은 바쁘게 움직일 것이 뻔했다. 이들의 적극적인 활동이 스카이 포레스트와 대한민국을 살찌워 주리라!

"다음에 봅시다."

차준후가 인사를 한 뒤 VIP 통로를 통해 활주로로 이동했다.

활주로 위에는 스카이 0417이 위풍도 당당하게 떡하니 세워져 있었다. 외부보다 내부의 모습이 정말이지 대단한 스카이 0417이었다.

출세했다는 걸 전용기를 탈 때마다 느끼는 차준후다.

최고급으로 꾸몄기에 전용기의 탑승감이 최고였다.

일류 호텔의 고급 객실에 있을 때보다 편안하다고 느껴진다고 해도 과언이 아니었다. 실제로 하늘 위에 떠 있는 전용기의 침실에서 잠을 자는 느낌은 일류 호텔보다 나았다.

차준후의 몸에 최적으로 맞춘 특별한 침대가 마련되어

있었다.

실비아는 어렸을 때부터 비행기 많이 이용해 봤고, 그때마다 대부분 일등석을 이용했다. 그런 그녀가 느끼기에도 스카이 0417의 안락함이 최고였다.

일등석을 이용해도 장시간 비행기를 타고 이동하면 피곤함을 느끼기 마련이었다.

그러나 스카이 0417은 달랐다. 넓고 쾌적한 좌석에서 편안하게 시간을 보낼 수 있었고, 안락한 침대에서 꿀잠을 자는 것도 가능했다.

스카이 0417은 하늘 위의 집무실이자 편안한 특급 호텔이었다.

"탈 때마다 느끼는 거지만 전용기를 정말 잘 개조했어요."

실비아 디온이 감탄했다.

실비아 디온의 가문도 전용기가 없는 건 아니다.

그렇지만 이처럼 바잉사의 707-320 제트 여객기를 전용기로 이용하지는 않았다. 프로펠러를 돌리는 중형 터보프롭 비행기를 전용기로 활용하고 있었다.

'가문에 이야기해서 이번 기회에 전용기를 바꿔 볼까?'

그녀의 가문도 바잉사의 707-320을 전용기로 이용할 정도로 충분한 재력을 지녔다. 미국 상류층 가문에서도 나름 잘나가는 디온 가문의 저력은 그야말로 대단했다.

그리고 가문과 별개로 실바이 디온의 개인 재산도 엄청난 속도로 늘고 있었다. 앞으로 10년만 지나면 디온 가문에서 세대를 거듭하여 축적한 재산을 추월할지도 몰랐다.

지금도 다소 무리를 하면 가문이 아닌, 그녀 개인의 전용기로 바잉사의 707-320 제트 여객기를 구매할 수도 있었다.

'내가 707-320 제트 여객기를 구매하면 대표님과 함께하는 시간이 줄어들잖아. 돈이 있어도 전용기를 구매하면 안 돼.'

최대한 많은 시간을 차준후와 함께 하고 싶은 그녀의 앙큼한 여심이었다.

스카이 0417에는 세계 최고 등급의 안락한 좌석과 함께 잠을 잘 수도 있는 침실까지 있으니, 장시간의 비행이 너무 편안했다.

저택에서 머무는 것처럼 안락한 시간을 기내에서도 보낼 수 있었다.

"저도 탈 때마다 감탄하고는 합니다."

차준후가 흐뭇하게 웃었다.

회귀 이후 사치를 부린 것 중 가장 마음에 드는 게 바로 전용기였다.

회귀 전에는 일등석조차 한 번도 타 보지 못했는데, 이제는 일등석은커녕 아예 전용기를 개조해서 마음껏 이용하고 있으니 더할 나위 없는 기분이었다.

확실히 돈이 많으면 좋았다. 소시민은 경험할 수 없는 신세계를 누릴 수 있으니까.

그때였다.

「승객 여러분, 저희 비행기는 잠시 후 이륙할 예정입니다. 좌석벨트를 매어 주시기 바랍니다.」

기장의 안내 멘트가 기내에 울렸다.

유니폼을 입은 승무원들이 돌아다니면서 승객들과 좌석의 상태를 확인하였다.

이윽고 모든 좌석의 상태가 문제없다는 사실을 확인한 스카이 0417이 활주로에서 미끄러지듯 질주를 하기 시작했다.

비행기 속도가 빨라지면서 묵직한 압박감이 차준후의 몸을 눌러 왔다. 몸이 좌석에 푹 감싸인다고 느낀 순간 비행기의 바퀴가 대지와 떨어졌다.

마침내 스카이 0417가 이륙했다.

천천히 고도를 높이기 시작한 스카이 0417이 대한민국으로 기수를 틀면서 서독에서 멀어지기 시작했다.

* * *

 군사정부는 민정 이양을 위한 헌법 개정안을 국가재건최고회의에서 의결하였다. 이는 미국 정부의 요구를 박정하가 받아들인 결과였고, 여름이 한창인 5월에 국민투표를 통해 확정됐다.
 대한민국 헌장 사상 처음으로 실시된 국민투표였다.
 이 역사적인 국민투표를 차준후는 서독에 체류하고 있는 바람에 참석하지 못했다.
 "이제 군사정부가 물러나고 민간 정부가 들어서는구나."
 "자신의 말을 그대로 지키는 박정하 장군이 대단한 사람이야."
 "앞으로 더욱 살기 좋은 대한민국이 되겠다."
 사람들은 평화로운 민정 이양을 앞두고 크게 고무되어 있었다. 권력을 차지한 군대가 다시금 원래 있었던 곳으로 되돌아가면 지금의 혼란스러운 정국이 바로잡힐 거라 믿었다.
 새 헌법의 주요 내용은 대통령중심제였다.
 대통령이 강력한 권력을 가지고 정국을 운용할 수 있다는 내용 외에도 국회의원 소선구제, 국회의 단원제와 국회 활동 약화, 국민투표제, 국가안전보장회의 설치 등이 주요 내용이었다.

박정하는 개헌안 확정 투표를 앞둔 전날 새벽 0시를 기해 경비계엄을 해제했다. 거리에서 총을 들고 계엄을 하고 있던 군인들이 곧바로 자취를 감췄다. 아니, 원래 있었던 군부대로 되돌아갔다는 표현이 정확했다.

"이야! 군인들이 안 보이니 살 것 같다. 총을 휴대하고 있는 군인들을 보고 있자니 괜히 긴장되더라고."

"괜히 모르게 무서웠던 건 사실이지."

"군인은 북한과 대치하고 있어야 옳은 거야."

"이제라도 제자리를 찾아가서 정말 다행이다."

사람들이 환호했다.

그리고 이런 국민들의 환호를 박정하는 놓치지 않고 자신의 치적으로 연결시켰다.

「혁명 후 오늘까지 국가 존망의 위기를 만회하며 쌓이고 쌓인 갖가지 적폐를 일소하고, 혼란했던 사회 질서를 바로잡기 위해 계엄령 시행이 불가피했음은 국민 모두가 이해하고도 남음이 있다. 그리고 국민들의 이해 덕분에 적폐를 사라지게 만들고, 보다 살기 좋은 대한민국을 만들었다.」

국민투표를 통해 확정된 개헌안이 국가재건최고회의 본회의에서 정식으로 선포됐다. 그리고 시민회관에서 언론 관계자를 비롯하여 많은 사람들이 지켜보는 가운데 공포됐다.

이제 이른바 대한민국의 제3공화국이 초읽기로 다가왔다. 계엄령으로 금지되었던 정치 활동이 다시금 재개되는 순간이기도 했다.

제3공화국의 권력을 잡기 위한 대한민국의 정치권이 바쁘게 움직였다.

사람들은 군사정부가 평화롭게 정권을 이양한다고 믿었다.

그러나 박정하는 민정 이양을 위한 자신만의 방법론을 일찌감치 찾았다. 박정하의 최측근 세력들이 4대 의혹 사건을 통해 정치 자금을 마련하려고 한 의도가 명백하게 드러났다.

전역식!

대장 자리에 오른 박정하의 전역식이 강원도 철원군 제5군단 관내 비행장에서 펼쳐졌다. 군인은 마지막으로 지휘를 한 곳에서 전역하는 것이 관례였기에 이곳 철원군에서 전역식이 열리게 됐다.

이번 전역식은 중앙정보부장인 김종팔이 준비했다.

김종팔은 중령 신분으로 예편했다가 다시 입대하여 초스피드로 준장으로 진급했다 다시금 예편했다. 참으로 박정하 못지않게 파란만장한 세월을 보내고 있었다.

"박정하 대장님의 말씀을 듣겠습니다."

사회자의 말과 함께 박정하가 연단에 올랐다.

"친애하는 60만 장병 여러분!"

입을 뗀 박정하는 울컥했기에 손수건을 꺼내어 눈가를 훔쳤다. 십여 년 넘게 입은 군복을 벗으려고 하였기에 감정이 북받쳤다.

"오늘 병영을 물러가는 이 군인을 키워 주신 선배, 전우 여러분! 그리고 군사혁명의 세월 동안 혁명 아래라는 불편 속에서도 참고 편달 협조해 주신 국민 여러분께 진심으로 감사드립니다."

박정하의 카랑카랑한 음성이 일대를 울렸다.

"다음의 한 구절을 남기고 전역의 인사를 대신할까 합니다. 다시는 이 나라에 본인과 같은 불운한 군인이 없도록 합시다."

깡마르고 까무잡잡한 박정하의 연설이 마무리됐다.

스스로 말하고도 감정을 주체하기 힘든지 눈물을 훔치고 있었다. 스스로 불운한 군인이라고 이야기하는 건 참으로 모순적이면서 중의적인 의미를 담고 있는 표현이었다.

"대장님, 케이크를 자르시지요."

"이제는 대장이 아니네."

"그래도 제 마음속 영원한 대장님이십니다."

전역사를 마친 박정하가 축하 케이크를 잘랐다.

쿠데타가 빨랐던 만큼 민정 이양과 함께 박정하의 전역식도 원 역사보다 빨리 이뤄졌다. 역사의 수레바퀴는 기존보다 조금씩 빨리 돌아가고 있었다.

「불운한 군인! 박정하. 민간인이 되다.」
「불운한 군인? 정말로 불운한가?」
「불운을 자초한 군인! 왜 불운한 길을 걸어왔나? 그의 불운한 군인의 삶은 아직도 끝나지 않았다.」

박정하의 불운한 군인이라는 말은 금방 세상의 화제로 떠올랐다.
"박정하 대장이 불운한 건 맞지. 그냥 그대로 있었으면 군대에서 잘 먹고 잘살았을 사람이야. 그런 사람이 조국을 위해 나선 거라고."
"맞아. 그분의 의기는 실로 대단하지."
"그분 덕분에 그래도 잘살 수 있는 대한민국이 만들어진 거야."
박정하를 지지하는 세력은 군사혁명을 펼치고 마지못해 군문을 나와야 하는 그의 마음을 잘 표현했다고 응원했다.
"웃기는 소리. 대한민국이 풍요로워진 건 박정하 때문이 아니라 차준후가 있어서야."

"대통령감은 박정하가 아닌 차준후이다."
"잘되려고 하는 대한민국에 정변을 일으킨 사람이다."

잘 살아가고 있다가 박정하 때문에 피해를 본 사람들과 극단적으로 자신이 원하는 바를 추진하는 박정하의 불도저식을 싫어하는 사람들도 상당했다.

박정하의 명암은 명확했다.

혜택을 본 사람들은 그를 좋아했고, 피해를 입거나 쿠데타라는 잘못을 거론하며 싫어하는 사람들로 대한민국이 양분됐다.

박정하는 전역식을 마치자마자 서울역 앞에 자리 잡은 공화당사를 방문해 입당 수속을 밟았다.

모두 예정되어 있는 수순이었다.

「민정에 참여하며.」
「민간인 박정하. 공화당 입당.」
「박정하 공화당 대통령 후보로 나서나?」
「박정하의 행보가 궁금하다.」

군복을 벗은 박정하의 행보는 사람들의 관심을 주목시켰다. 분명히 평화롭기는 한데 뭔가 꾸리꾸리한 냄새가 나는 민정 이양이었다.

군인들을 원대로 복귀시키고, 민간인이 대통령이 되어

야 한다는 미국의 요구에 완벽히 부합되는 일이었다. 그렇기에 미국도 다소 불만이 있기는 하지만 이번 사태를 그저 지켜볼 수밖에 없었다.

형식적으로는 완벽했으니까.

자유당에 박정하가 입당하고 난 뒤 김종팔 중앙정보부장이 대통령 선거 조직 창설을 맡았다.

선거 조직을 만드는 과정에는 거액이 필요했다. 이 당시에는 돈을 많이 뿌리는 후보가 당선된다는 말이 공공연하게 떠돌 정도였다. 그렇기에 금품 선거라는 말도 있었다.

차준후 때문에 제대로 행하지 못했지만 4대 의혹 사건과 여러 가지 작업 등으로 거액의 정치 자금을 중앙정보부는 조달했다.

이 모든 게 바로 박정하 대통령 만들기 작업이었다.

김종팔은 재건당이라는 이름의 당을 세워 여러 정치인들을 포섭한 후, 민주공화당이라는 대한민국 헌정 사상 최장 집권하게 될 여당을 새로이 창설했다.

그리고 얼마 지나지 않아 제5대 대통령 선거일이 국민들에게 공고됐다.

민주공화당에서는 당연하게도 박정하를 대선 후보로 내세웠고, 그를 포함하여 총 7개의 당에서 7명의 후보가 대선에서 출마했다.

그러나 결국 유력 후보로는 민주공화당의 박정하와 민정당의 윤보산으로 압축됐다.

두 사람은 전국을 돌며 선거 유세를 했고, 다양한 공약을 내세우며 국민들의 지지를 호소했다.

"국민 여러분! 제가 대통령이 되면 대한민국을 크게 발전시키겠습니다. 누가 대한민국을 잘살게 만들겠습니까?"

박정하는 전국에 방대한 사전 조직을 갖춘 상태였다.

"밀가루와 쌀을 받으세요."

"이런 거 받아도 되나 몰라."

"괜찮아요. 다들 받으니까 걱정하지 마세요. 배불리 먹으시고, 박정하 후보를 찍으시면 됩니다."

"알았어요. 꼭 박정하 후보를 찍을게요."

막대한 정치 자금을 동원하여 국민들에게 고무신, 밀가루, 쌀 등을 살포했다. 정치 자금을 받아먹는 국민들은 순박해서 박정하를 찍겠다고 약속했다. 사람들은 받으면 찍어 줘야 한다는 생각들을 가지고 있었다.

"여러분! 군정 종식을 해야 합니다. 차기 정부는 국민 여러분의 선택에 달려 있습니다."

민정당에서는 여론에 호소했다.

민주공화당에 맞서 금품을 뿌리고 싶어도 돈이 없었다. 정치 자금이 부족해서 전국에 선거 조직을 만드는 것도 어려워했다.

민주공화당의 박정하와 민정당의 윤보산은 치열하게 경합을 벌였다. 둘 가운데 어느 누가 대통령이 될지 모를 정도로 박빙이었다.

제5장.
대통령 선거

대통령 선거

 치열한 선거전에서 박정하는 라디오에 출연해 사상 논쟁의 불을 붙였다.

「이번 선거는 민족적 이념을 망각한 가식된 가짜 자유민주주의와 진정한 민족주의를 바탕으로 한 진정한 자유민주주의의 사상적 대결입니다. 어느 쪽이 진짜인지는 국민 여러분도 잘 알고 계실 겁니다.」

 박정하의 민족주의 발언은 다소 무리한 측면이 많았으니, 이는 이번 선거전의 핵심으로 떠올랐다.
 지방 유세를 펼치고 있던 윤보산도 전주에서 기자회견을 자청했다.

「국민 여러분! 여순 반란 사건의 관련자가 정부 안에 있습니다. 이번 선거야말로 이질적 사상을 가진 후보와 진정한 민주 사상을 가진 후보의 대결입니다. 현혹되지 말고 진정한 민주주의를 꽃피우려고 하는 저를 뽑아 주십시오.」

사상 논쟁이 본격화됐다.

박정하는 공산주의자라고 오해를 받은 전적이 있었고, 이는 국민들을 놀라게 만들기에 충분했다. 대통령 선거전은 이제 정책 대결이 아니라 사상 논쟁으로 전개됐다.

사상 논쟁과 함께 또 다른 핵심 이슈가 있었다.

"스카이 포레스트와 함께하는 대통령 후보는 바로 박정하, 저입니다. 제가 차준후 대표와 함께 고속도로를 만들고, 울산공업단지 기공식에서 함께 삽으로 흙을 펐으며, 얼마 전에는 함께 포항철강에서 헬기도 함께 탑승했습니다. 구룡포읍에 가서 국수를 먹으면서 뜻깊은 시간을 보내기도 했습니다."

유세 현장에서 박정하가 차준후와의 인연을 강조했다.

"평소 차준후 대표는 누구보다 자유민주주의를 중요하게 생각해 왔습니다. 대한민국에 진정한 자유민주주의를 가져올 수 있는 사람은 윤보선입니다, 여러분! 현혹되지 마십시오. 제가 차준후 대표와 함께 밝은 대한민국을 만들어 가겠습니다!"

윤보선 대통령 후보는 차준후의 평소 가치관을 가져다가 사용했다.

국민들에게 절대적인 호감을 받고 있는 차준후는 이번 대통령 선거전에서 무척이나 중요했다. 차준후가 직접 어느 대통령 후보를 지지한다고 공개적으로 발표하면 대통령이 바뀔 수도 있는 문제였다.

그만큼 차준후의 선거 개입이 중요하게 다가왔다.

그런데 지금 차준후는 대한민국에 있지 않고 서독에서 체류하고 있었다.

대통령 선거는 무척이나 혼탁했고, 또 치열했다.

어느 누가 대통령이 된다고 해도 이상하지 않을 정도였다. 야권에서는 윤보산을 밀어주기 위해, 혹은 당선 가능성이 없기 때문인지 후보들이 사퇴하였다.

이제 진정으로 박정하와 윤보산으로 압축된 대통령 선거였다.

선거는 무척이나 과열됐다.

이처럼 치열한 선거전이 이뤄지고 있는 와중에 김포공항에 스카이 0417 비행기가 활주로에 착륙했다. 기나긴 비행을 마친 비행기의 문이 열리고 차준후가 모습을 드러냈다.

트랩에서 내리는 차준후를 검은 양복을 입은 사내들이

나와서 기다리고 있었다.

"처음 뵙겠습니다. 중앙정보부장 김종팔이라고 합니다."

"반갑습니다. 공사다망한 분께서 여기에는 무슨 일로 오셨습니까?"

차준후가 김종팔에게 물었다.

쿠데타의 주역이자, 대한민국의 역사에 한 획을 긋는 인물이 바로 그의 앞에 있었다.

"긴히 드릴 말씀이 있어서 실례를 무릅쓰고 찾아왔습니다. VIP실에 가서 대화를 하시죠."

"실례인 것 같네요. 무슨 이야기를 하실지 짐작이 되는데, 여기에서 말씀하시죠. 긴 시간 비행을 했더니 피곤하네요."

차준후는 전용기에서 편안하고 쾌적하게 비행했기에 하나도 피곤하지 않았다. 그러나 김종팔을 보고 있자니 피곤이 밀려왔다.

사실 그동안 김종팔이 만나자고 몇 번이나 연락을 했지만 모두 거절해 왔다. 4대 의혹 사건을 주도적으로 펼치고, 또 중앙정보부를 이용해서 수많은 문제를 일으키는 김종팔을 만나고 싶지 않았다.

"……피곤하시다니 여기서 말씀을 드려야겠네요."

김종팔이 머뭇거리다가 말했다.

중앙정보부의 수장인 그에게 이처럼 행동하는 사람은

지금껏 없었다. 그는 수틀리면 사람들을 잡아다가 남산에 감금해 버릴 수 있는 서슬 퍼런 권력을 지니고 있었다.

그런데 차준후를 만나러 간다고 보고했을 때 박정하가 만류하던 걸 떠올렸다. 가지 말라는 지시를 받았지만 치열한 경합을 벌이고 있기에 독단적으로 김포공항으로 찾아왔다.

결국 그는 활주로에까지 진입해서 다른 사람들보다 먼저 차준후를 만났다.

"해 보세요. 경청하겠습니다."

"박정하 대통령 후보를 지지한다는 의견을 밝혀 주셨으면 합니다."

김종팔은 반드시 박정하를 대통령으로 만들고자 했다.

박정하가 누구보다 대한민국을 풍요롭게 만들 수 있다는 믿음도 있었지만, 그 때문만은 아니었다.

만약 윤보산이 대통령이 된다면 박정하와 김종팔을 비롯한 박정하의 측근 세력은 쿠데타에 대한 책임을 묻게 될지도 몰랐다.

특히나 쿠데타를 이끈 핵심 인사들은 지금 누리고 있는 부귀영화를 모두 잃은 채 차가운 감옥에서 말로를 보내게 될 수 있었다.

김종팔은 그러한 비참한 최후를 피하기 위해 발버둥 치는 것이기도 했다.

"이보세요. 내가 왜 그래야 하죠?"

"혹시 윤보산 후보를 지지하는 겁니까?"

김종팔의 눈빛이 예리해졌다.

그는 만약 차준후가 윤보산을 지지하는 것이라면 무리수를 뒤서라도 감금해야 한다고 생각했다. 그렇게 해서라도 박정하가 대통령이 되기만 한다면 모든 책임을 무마시킬 있을 테니까.

분위기가 험악해지자 실비아 디온의 눈빛이 얼음처럼 차가워졌다.

'준비하세요.'

그녀가 슬쩍 고개를 들어서 조종석을 바라보았다.

'이미 연락을 취했습니다.'

조종석의 라믹 기장이 무전기로 주한 미군과 이야기를 주고받고 있었다.

중앙정보부가 무력을 사용할 경우, 김포공항 근처에 대기 중인 주한 미군이 곧바로 움직이는 것이 가능했다.

실비아 디온은 중앙정보부 수장 김종팔의 의도대로 흘러가지 않게 이미 조치를 취해 둔 것이었다.

미국이 대한민국에서 가장 중요하게 생각하고 있는 중요 인물이 바로 차준후였다. 유사시 차준후를 보호하는 일에 있어 수단과 방법을 가리지 않기로 이미 결정을 내려 둔 상태였다. 주한 미군의 군용기를 통해 차준후를 미국으로 데리고 가는 방안도 마련되어 있었다.

작정하고 행동에 나서는 주한 미군을 대한민국은 막아 낼 수 있는 역량이 없었다.

"나는 특정 후보를 지지한다고 하더라도 그걸 공개적으로 선언할 생각이 없습니다."

차준후는 대통령 선거에 개입하고 않고 시대의 흐름에 맡길 작정이었다.

원 역사에서는 박정하가 15만 표 차이로 윤보선에게 승리하지만, 이번에도 그럴 것이라곤 장담할 수 없었다. 하지만 설령 그렇다 하더라도 차준후는 받아들이려고 했다.

'나도 불안하기는 합니다.'

차준후라고 해서 역사의 변화가 속 편한 건 아니다.

만약 윤보산이 대통령으로 등극한다면 대한민국의 역사는 송두리째 바뀔 테니까. 지금껏 알고 있던 대한민국이 정치사는 이제 사라진다는 소리였다.

그것이 더 나은 미래일지, 암담한 미래가 될지는 알 수 없었다.

또한 그동안 원 역사의 미래 지식을 토대로 수많은 행보를 걸어왔던 차준후로서는 지나친 역사의 개변은 가능한 피하고 싶었다.

'뭐, 역사가 어떻게 바뀐다고 해도 이제는 잘 해낼 자신은 있지만.'

물론 차준후가 역사의 변화를 받아들이는 이유는 그만한 자신이 있기 때문이기도 했다.

박정하가 대통령이 되든, 윤보산이 대통령이 되든 누구와도 협력하여 대한민국을 크게 성장시킬 자신이 있는 것이었다.

지금의 스카이 포레스트는 그럴 만한 충분한 역량을 가지고 있었다.

"천만다행이군요."

김종팔의 눈빛이 다소 유해졌다.

최악의 경우까지 오지 않았기에 중정 요원들에게 차준후를 잡으라고 지시하지 않아도 됐다.

차준후가 다른 속내를 가지고 있을 수도 있긴 하지만, 만약을 가정하기 시작하면 끝이 없었다. 지금으로서는 차준후의 말을 믿을 수밖에 없었다.

"더 이상 할 말이 없으면 가 보겠습니다."

차준후가 말했다.

"……."

김종팔은 이대로 물러나고 싶지 않았다.

조금 더 대화를 통해 차준후로부터 긍정적인 반응을 이끌어 내고 싶었다. 그러나 완강한 모습으로 봐서 어떻게 접근해야 할지 감이 잡히지 않았다.

그때였다.

대기시켜 놓았던 요원 한 명이 빠르게 달려와서 귓속말로 소식을 전했다.

"헉!"

놀란 김종팔이 신음을 토해 냈다.

그의 눈동자가 지진이라도 난 것처럼 마구 흔들렸다.

주한 미군 특공대가 김포공항 주변에 중무장을 한 채로 대기하고 있다는 소식을 접했다. 보고를 받기 전까지 미처 몰랐던 사실이었다.

이런 중대한 사실을 중앙정보부가 사전에 알아차리지 못했다는 사실에 놀랐고, 또 주한 미군이 차준후를 이처럼 중요하게 생각한다는 사실에 새삼 경악했다.

'이런 사태가 터질 줄 알고 있었단 거잖아.'

김종팔이 이곳에 도착한 건 불과 방금 전이었다.

그런데 이미 김포공항 주변에 무장을 한 채 대기를 하고 있다니?

이건 중앙정보부가 이곳에 올 것을, 그리고 여차하면 무력을 동원할 것임을 예측하고 있지 않고서는 보일 수 없는 움직임이었다.

'혹시라도 무력을 행사했으면 큰일이 벌어질 뻔했구나.'

김종팔은 온몸이 떨려 왔다. 박정하를 대통령으로 만들려고 했다가 하마터면 낙마하게 만들 뻔했다.

혹시라도 차준후에게 무력을 행사했다가 주한 미군과

무력 충돌이라도 벌어졌다면, 김종팔이 벌이려고 했던 행동은 결코 덮지 못한 채 세상에 알려졌을 터였다.

그랬다면 박정하는 가만히 있다가 여론을 등에 업은 윤보산을 필두로 한 야권의 공세를 맞고 사퇴하게 됐을지도 몰랐다.

민주공화당의 입장에서 김종팔은 역적이 되는 것이었다.

"비키세요. 대표님이 가신다고 하시네요."

실비아 디온이 나섰다.

입매를 비틀고 있는 그녀는 왜 김종팔이 놀랐는지 짐작했다.

내심 김종팔이 헛된 수작을 부렸으면 하는 바람도 있었다. 제대로 깨져 봐야 앞으로 함부로 나서지 못할 테니까.

별 볼 일 없는 사람들이 왜 자꾸 차준후를 막아서는지 이해하지를 못했다.

"가십시오. 실례가 많았습니다."

입술을 질끈 깨문 김종팔이 옆으로 비켜섰다.

괜히 여기에서 더 밉보였다가는 박정하에게 역풍이 불어닥칠 수도 있는 일이었다.

저벅! 저벅!

김종팔을 지나쳐서 활주로 위를 내딛는 차준후의 발걸음 소리가 울렸다.

"왜 저렇게 놀라는 겁니까?"

"대표님을 보호하기 위해 주한 미군 특공대가 근처에 대기하고 있어요. 그 사실을 뒤늦게 알고 깜짝 놀란 거죠."

"주한 미군 특공대요? 이렇게까지 무리를 해도 되나요?"

김종팔만큼은 아니지만 차준후도 깜짝 놀랐다.

"제가 누차 말하지만, 대표님은 자신에 대한 자각이 너무 부족해요. 대표님은 대한민국뿐만 아니라, 미국에게도 굉장히 중요해요. 현재 스카이 포레스트 미국 법인은 그만한 영향력을 가지고 있으니까요. 대표님의 위상을 따져 보면 미국이 이 정도는 당연히 해 줘야 한다고요."

이제 어느 정도 자신의 위치를 자각하는 듯하면서도 아직 완벽히는 깨닫지 못한 차준후의 모습에 실비아 디온은 쓴웃음을 지었다.

"올해 상반기 기준으로 미국에서 스카이 포레스트 법인이 올리고 있는 매출 규모는 100대 기업에 포함이 되어 있을 정도예요. 하반기에는 더욱 매출이 늘어날 게 분명하고요. 그리고 매출 규모도 대단하지만, 다른 산업에 끼치는 영향력이 엄청나다는 게 더 중요해요."

미국 정부가 차준후를 왕관의 중앙에 위치한 보석처럼 여기는 이유였다.

스카이 포레스트 미국 법인에서 벌이고 있는 사업들은 미국의 여러 산업을 부흥시키고 있었다. 그만큼 미국 경제에 미치는 파급력은 가히 엄청났고, 미국 경제 성장률에 지대한 영향을 끼쳤다.

 그 스카이 포레스트의 주인인 차준후에게 문제가 생긴다면 미국의 경제에도 타격이 올 수 있는 일이었다. 미국 정부로서는 당연히 차준후는 보호해야 할 중요 인물이었다.

"그렇군요."

 실비아 디온의 설명을 들은 차준후가 나름 납득했다.

 열심히 사업을 했을 뿐인데 미국이 중요하게 여기는 인사가 되어 있었다. 서슬 퍼런 권력을 자랑하는 중앙정보부라고 해도 차준후를 건드렸다가는 그야말로 산산조각이 날 수도 있었다.

 미국은 그만큼 차준후를 보호하는 데에 있어 진심이었다.

"앞으로 이런 일이 있으면 저에게도 알려 주세요."

 차준후는 이번 사태를 중대하다고 봤다.

 그렇기에 평소 경호 문제를 실비아 디온에게 일임했지만 이제는 관심을 가지기로 마음먹었다. 하마터면 미국과 대한민국이 정면충돌을 할 뻔했다. 자신으로 인해 불상사가 일어나지 않기를 바랐다.

"죄송해요. 실제로 중앙정보부가 움직일지 확신할 수 없어서 괜한 걱정을 하실까 봐 미리 보고를 드리지 못했어요. 앞으로는 대표님 말씀처럼 사전에 보고드릴게요."

"탓하려는 게 아니에요. 이런 문제는 긴밀하게 대화하면서 잘 해결해 보자는 거죠. 항상 신경 써 줘서 고마워하고 있어요."

차준후는 실비아 디온이 마음 상하지 않도록 잘 설명했다.

"앞으로는 대표님과 많은 시간을 가지면서 의논할게요."

실비아 디온이 반겼다.

차준후와 많은 시간을 보낼 수 있다니…….

그녀의 입장에서는 대환영이었다.

* * *

대통령 선거일 당일.

사상 논쟁으로 정국이 여전히 시끄러웠지만 비교적 평온한 가운데 투표가 진행됐다.

모자를 깊숙하게 눌러쓴 차준후가 가벼운 옷차림으로 이른 새벽에 집을 나섰다. 그와 함께 경호원들이 주변을 에워싸면서 경호에 돌입하였다.

여름이 지난 지 얼마 지나지 않았기에 새벽 공기는 서늘하지 않고 포근한 편이었다.

십여 분 정도 걸었을까?

중학교에 마련된 투표소가 보였다.

아직 투표는 시작되지 않았지만 이미 줄을 서고 있는 사람들이 보였다. 역대급 관심을 받고 있는 대통령 선거답게 투표를 하려는 줄이 생각보다 길었다.

"투표 시작합니다."

드디어 투표가 시작됐다.

전국에서 대통령을 뽑기 위한 국민들의 소중한 한 표 행사가 펼쳐지는 것이다.

조금 기다리니 차준후의 순서가 다가왔다.

"어어어? 차준……."

"조용히 투표하고 싶습니다."

"아! 알겠습니다."

대통령 선거 투표에 동원된 공무원이 알겠다는 듯 고개를 끄덕였다.

신분이 밝혀지면 소란이 벌어질 수도 있었기에 차준후가 조용하게 자신의 소중한 한 표를 행사하고서 투표장을 벗어났다.

그러나 조용히 사라지려고 한 차준후의 의도는 무산되고 말았다. 투표를 마치고 나오는 차준후를 향해 투표소 출구 앞에서 대기하고 있던 기자들이 득달같이 달려들었다.

"어느 후보를 선택하셨습니까? 말씀 부탁드립니다."

"제가 지지하는 후보를 찍었습니다."

차준후가 어느 후보를 찍었다고 말하지 않았다. 밝혔다가는 선거에 지대한 영향을 끼칠 것이 분명했다.

"어느 후보가 대통령이 될 것 같습니까?"

"누가 대통령이 되든 국민의 소중한 선택을 받은 분입니다. 대통령께서 대한민국을 진정으로 사랑하고, 국민을 위해 진심으로 일해 주셨으면 하는 바람입니다. 그리고 국민들이 사랑할 수 있는 대통령으로 남기를 바랍니다."

자신을 희망을 담아서 이야기하는 차준후였다.

속내를 완전히 토해 내지 못했다.

'대통령의 말로가 비참하지 않았으면 좋겠네요.'

차준후의 감춰진 희망 사항이었다.

대통령의 비극은 곧 대한민국의 슬픔이었기에.

차준후는 그런 비극적인 날이 오지 않았으면 했다.

그의 말에는 깊은 의미가 담겨 있었지만 그걸 알아차릴 수 있는 기자는 없었다.

"새롭게 당선되는 대통령과도 친밀하게 지내실 계획이십니까?"

기자들이 차준후에게 질문을 계속 던졌다.

차준후의 한마디 한마디는 언론 보도에 있어 대단히 귀했다. 그의 이야기를 보도하는 자체만으로 신문 판매 부수가 팍팍 늘어났다. 차준후와 인터뷰를 했다는 자체만으로 기자들은 성과급을 받을 수 있었다.

"여기까지 하겠습니다."

차준후가 인터뷰를 마쳤다.

누가 대통령이 될지 모르는 상황에서 기자의 질문은 큰 의미가 없었다. 그리고 계속 대답했다가는 끝도 없이 질문을 받을 것만 같았고, 또 투표를 하러 나온 사람들이 주변으로 몰려들려고 했다.

경호원들의 보호를 받으면서 차준후가 투표소에서 벗어났다.

과열된 분위기와 달리 대통령 선거는 평온하게 마무리 됐다. 혹시 모를 부정 선거와 같은 사태를 예의주시하고 있던 미국 대사관도 민주적인 선거가 질서 있게 진행됐다고 평가했다. 그리고 유엔에서 파견되어 선거를 살펴보던 사람들도 무난한 대통령 선거라고 밝혔다.

제대로 된 선거를 해 본 적이 없는 대한민국은 대통령 선거를 훌륭하게 치러 냈다. 투표율은 무려 84.99%로 나올 정도로 높았다.

「윤보산 대통령 후보. 개표 집계에서 앞서 나가다.」
「민심이 선택한 제3공화국의 주인공은 윤보산?」
「군정이 아닌 민정을 원하는 국민들! 국민들의 심판은 준엄했다.」

개표가 시작된 이후 늦은 밤까지 윤보산이 박정하를 앞서 나갔다. 표 차이는 크지 않았지만, 윤보산이 계속 자리를 내주지 않은 채 앞서 나가고 있다는 게 중요했다.

언론에서는 박정하보다 윤보산의 취재 비중을 늘렸다. 그리고 미국에서도 윤보산이 당선됐을 때를 염두에 둔 채 계획을 수립하라고 주한 미국 대사관에 지시를 내려놓았다.

"이대로 대통령 자리를 윤보산에게 넘겨줄 수는 없다."

"그렇지만 어떻게 손쓸 방도가 없습니다. 표를 바꿔치기라도 하려고 해 봤지만, 미국과 유엔, 그리고 야권의 사람들 때문에 어렵습니다. 시도한다고 해도 발각될 게 뻔합니다."

"그것보다 더 확실한 방법을 써야지."

중앙정보부의 모처에서 김종팔이 최측근들만 모아 놓고 이번 사태를 논의하고 있었다. 김종팔의 두 눈에는 붉은 핏줄이 잔뜩 터져 있는 상태였다.

"방법이 있습니까?"

"암살!"

"네?"

최측근들이 화들짝 놀랐다.

얼마나 놀랐는지 엉덩이를 들썩거렸을 정도였다.

"윤보산을 죽여야 우리가 살 수 있어."

"아무리 그렇다고 하지만 미국과 유엔이 두 눈을 빤히 뜨고 있습니다. 주한 미군이 출동하면 그야말로 커다란 불상사가 벌어질지도 모릅니다."

김종팔은 이대로 정권을 내려놓을 생각이 없었다.

그동안 벌인 짓을 따지면 곧바로 재판을 받고 감옥에 수감되고도 남았다. 그만큼 법에 어긋나는 불법적인 일을 많이 저질렀다.

"내가 모든 것을 책임질 거다. 그러니 암살 계획을 세워 놔. 우리들에게는 뒤가 없어. 못 죽이면 우리가 죽는다."

절규하듯 소리친 김종팔이 윤보산의 암살 계획을 강요했다.

그의 말처럼 뒤를 생각하지 않는 무모한 암살 계획이었다. 미국과 유엔이 길길이 날뛸 게 분명하고, 국제사회로부터의 지원이 완전히 끊길 수도 있다.

하지만 김종팔은 비참하게 대한민국이 전락한다고 해도 정권을 잡기만 하면 그만이었다. 그래야 살아남고 다음을 기약할 수 있었다.

그들은 대한민국이 아니라 자신들의 안위가 먼저였다.

"……알겠습니다."

"저격병을 배치하겠습니다."

"혹시 모르니까 저격병 외에도 다른 암살 계획도 마련해 놔. 저격이 실패할 수도 있으니까 말이야."

"확실히 처리할 수 있도록 계획을 짜겠습니다."

"실수하면 그걸로 끝이야. 무조건 성공해야 해."

중앙정보부에서는 윤보산의 암살 계획을 짰고, 실행까지 염두에 뒀다.

그런데 선거 개표 이틀째로 접어들면서 박정하가 윤보산을 앞서기 시작했다. 암살을 실행하려고 했던 중앙정보부의 은밀한 움직임이 멈췄다.

"암살 계획을 보류한다. 저격병 배치는 아직 하지 않았지?"

"다행히 아직 실행에 옮기지는 않았습니다."

"그래도 혹시 모르니까 준비는 해 둬. 다시 순위가 뒤바뀌는 순간이 올지도 모르니까."

"……알겠습니다. 만약의 사태를 대비하겠습니다."

최악의 순간을 상정해 두고 있는 김종팔이었다.

참으로 다행스럽게도 박정하는 선거 개표가 마무리되기까지 1위 자리를 놓치지 않았다.

「박정하 대통령 당선 확실시.」
「제3공화국의 진정한 주인공은 박정하였다.」
「엎치락뒤치락! 박정하가 윤보산을 눌렀다.」
「민심이 선택한 대통령은 박정하였다.」

대통령 선거는 그야말로 초박빙이었다.

불과 15만 표의 차이로 박정하가 대통령으로 당선되었고, 윤보산은 낙선했다.

군정의 철권 통치를 끝내고 민정 이양이라는 절차를 거치면서 박정하는 그야말로 죽다가 살아났다. 천신만고 끝에 합법적인 대한민국의 수장이 될 수 있었다.

군사정부의 박정하 의장이 국민이 선택한 대통령으로 변모했다.

군사정부가 박정하의 제1기 집권기였다면, 제3공화국은 박정하의 제2기 집권기였다.

* * *

역사는 바뀌지 않았다.

"결국 박정하가 대통령으로 당선되었구나."

차준후는 어떤 면에서 안도했고, 또 다른 면에서는 안타까워했다.

역사에는 탄력과 복원 성질이 있는 것일까?

많은 변화가 있었지만 한국인들의 선택은 결국 박정하였다.

따르릉! 따르릉!

대표실의 전화기가 울렸다.

"전화 받았습니다. 차준후입니다."

- 박정하 예비 대통령입니다.

이제 곧 대통령으로 올라설 박정하의 전화였다.

무수히 쏟아지는 축하 인사를 받기도 바쁜 양반이 시간을 내서 차준후를 찾은 것이다.

"으음! 당선을 축하드립니다."

- 고맙습니다. 차준후 대표의 공이 컸습니다.

"제가 한 게 뭐가 있다고 이런 공치사를 하십니까."

차준후는 이번 선거에서 철저하게 방관자적인 자세를 취했다. 김종팔이 지지 선언을 해 달라고 부탁해 왔을 때도 움직이지 않았다.

박빙인 경합에서 박정하가 차준후에게 서운한 감정을 느끼기에 충분했다. 이런 사소한 감정들이 축적되다 보면 서로 틀어지게 마련이었다.

그러나 카랑카랑한 박정하의 말투 가운데 서운함은 눈곱만치도 보이지 않았다.

- 차준후 대표의 사업들 덕분에 대통령에 당선될 수 있었으니 공이 크다고 말할 수밖에요.

고속도로 사업과 강남 개발 등 굵직굵직한 사업들은 박정하의 치적으로 이용됐다. 국토 사업은 가시적인 성과를 조금씩 내고 있었고, 심각한 실업자 구제의 방안으로 안성맞춤이었다.

실업자가 줄어들면서 군사정부는 국민들에게 경제 발전을 보여 줄 수 있었다. 이 때문에 쿠데타의 불법성이 희석되는 효과를 발휘했다.

제6장.
한일 국교 정상화 논의

한일 국교 정상화 논의

 박정하는 쿠데타로 정권을 찬탈한 자신의 부정적인 이미지를 불식시킬 수 있는 건 어마어마한 경제 성장을 이루어 나라가 가난을 벗어나도록 만드는 것이 유일한 방법이라고 생각했다.
 그리고 어린 시절 극심한 가난을 겪었던 박정하는 경제 성장의 대한 열망과 집념이 남달랐다.
 그러니 대한민국이 이토록 발전할 수 있도록 지대한 기여를 한 차준후가 무척이나 대단하게 느껴질 수밖에 없었다.
 "공만 있는 게 아니잖습니까. 과도 있습니다."
 차준후는 경제 발전과 함께 민주주의의 성장에도 신경을 기울였다.

그의 영향을 받아 자유와 민주주의를 체험한 사람들은 박정하의 군사정부에 대해 불편함을 느꼈다. 이 사람들의 표는 윤보산에게로 집중됐고, 덕분에 선거는 박빙으로 펼쳐졌다.

차준후는 박정하에게 약을 주고, 병도 동시에 준 셈이다.

- 아닙니다. 솔직한 심정으로 차준후 대표에게 항상 고마워하고 있습니다. 지금까지처럼 앞으로도 많이 도와주십시오.

박정하는 굽힐 때 굽힐 줄 아는 인물이었다. 그렇기에 차준후의 과에 대해서 대수롭지 않게 여겼다.

게다가 과실이라고 말하기에는 애매했다.

좋은 게 있으면 나쁜 게 있는 법이고, 빛이 있으면 그림자가 있기 마련이었다. 세상사 원래 양날의 검이었으니까.

"평소처럼 하겠습니다."

차준후는 변하지 않을 작정이었다. 필요하다면 아끼지 않고 스카이 포레스트의 현금을 대한민국에 쏟아붓겠다는 이야기였다.

박정하가 대통령이 되었다고 해서 크게 달라지는 건 없었다. 군사정부의 의장이 민선의 과정을 거쳐 대통령으로 바뀌었을 뿐이었다.

정부의 형태가 바뀌었을 뿐 어차피 수장은 똑같았다.

- 하하하! 차준후 대표다운 답변이군요.

박정하가 호탕대소를 터트렸다.

변하지 않고 꾸준하게 일관된 모습을 보여 주는 차준후의 답변을 들으면서 즐거워하고 있었다. 아첨하지 않고 쓴소리를 거침없이 하는 차준후는 그에게 있어 무척이나 소중한 사람이었다.

무소불위의 권력자에서 거침없이 직언을 하는 사람이 얼마나 있겠는가.

차준후와 같은 사람은 박정하의 부인밖에 없었다. 하릴없이 아첨꾼과 기회주의자들이 쌓여 나가고 있는 실정이었다.

- 차준후 대표의 이야기는 잘 들었습니다. 예비 대통령으로서 발맞춰서 정국을 이끌어 가겠습니다.

박정하는 차준후에게 찰떡처럼 달라붙어 있을 작정이었다.

그도 그럴 것이 차준후가 지금껏 대한민국을 이롭게 한 사업과 정책들을 따지면 열거할 수 없을 정도로 많았다. 그저 말뿐인 다른 사업가들과 달리 행동으로 보여 주고 있었다.

차준후는 대한민국에 있어 결코 대체할 수 없는 유일무이한 존재였다. 차준후가 대한민국에 보태고 있는 가치를 따져 보면, 다른 모든 사업가들을 합해도 미치지 못했다.

"잘 부탁드립니다."

차준후는 제3공화국이 박정하의 최고 전성기라는 잘 알았다. 이 당시 경제 성과가 없었다면 21세기의 화려한 대한민국은 없었을지도 몰랐다.

– 이건 도와 달라는 의미에서 물어보는 겁니다. 준비위원회에 들어와서 앞으로 만들어진 제3공화국의 경제 계획에 대해 종합적으로 다뤄 보실 생각이 있습니까?

박정하는 차준후가 원한다면 제3공화국 경제 수장 자리를 맡기고 싶었다. 아니, 억지로라도 맡겨서 대한민국의 경제 성장을 이끌어 줬으면 했다.

경제 수장이 아니라 대한민국의 제2인자인 국무총리 자리도 줄 수 있었다. 극진하게 모실 테니 제3공화국 내각으로 들어와 달라는 부탁이었다.

경제 발전 방향을 어떻게 잡느냐에 따라 대한민국의 미래가 바뀔 수도 있었다. 혜안을 가지고 있는 차준후라면 대한민국의 경제를 잘 이끌어 갈 수 있을 것 같았다.

이는 박정하의 개인만의 의견이 아니라 정재계의 공통된 의견이었다.

"저보다 더 경제 수장에 어울리는 분들이 계실 겁니다."

차준후가 완곡하게 거절했다.

미래의 발전과 지식을 가지고 있지만 대한민국의 경제 발전의 방향성을 결정할 정도의 깊이를 지니지 못하고 있었다.

그리고 그걸 떠나서 관료가 된다는 생각을 가지지 않았다. 고위 관료의 자리에 올라서면 자연스럽게 정치도 함께 펼쳐야만 한다. 이른바 정치인이 되는 셈이다.

고위 관료는 자신이 홀로 독야청청하다고 잘나갈 수 있는 게 아니다.

정치를 잘하기 위해서는 탄탄한 조직 체계를 바탕으로 힘을 가진 권력자들과 두루두루 잘 지내야 하고, 때에 따라 이합집산을 하며 살아남기 위해 발버둥을 쳐야만 한다.

정치는 어떻게 보면 제로섬과 비슷한 게임이라서 항상 주변의 눈치를 살피며 살아남기 위해 힘을 써야만 하는데, 이게 차준후는 체질적으로 맞지 않았다.

사업가로 잘나가는 지금만 해도 외부에서 볼 때는 편해 보일지 몰라도 어쩔 때는 어울리지 않은 옷을 입은 것처럼 불편했다.

그는 천생이 연구원이었다. 연구하고, 발표하고, 그걸 세상에 드러냈을 때 사람들이 보이는 반응들을 보는 게 좋았다.

- 그렇게 말씀할 줄 알았습니다. 그래도 결정하기 어려운 부분이 있을 때는 조언을 부탁드립니다.

"조언보다는 쓴소리를 많이 할 것 같네요."

- 차준후 대표의 쓴소리는 보약이나 마찬가지입니다.

언제든지 편하게 말씀해 주십시오.

 차준후의 이야기라면 쓴소리도 달콤하게 들을 수 있는 박정하였다.

 오히려 쓴소리를 해 줘서 정말 고맙다고 고개를 숙여야만 한다. 옳은 방향으로 이끌어 주는 비판이었으니까.

 지금까지처럼 앞으로도 겸허하게 비판을 받아들일 마음가짐이 되어 있었다.

 - 제가 인터뷰가 예정되어 있어서 이만 전화를 끊어야겠습니다. 다음에 또 연락을 드리겠습니다.

 박정하의 아쉬워하는 음성이 전화기를 타고 고스란히 느껴졌다.

 "이만 끊겠습니다."

 차준후가 통화가 끊긴 전화기를 내려놓고 자리에서 일어났다.

 바야흐로 대한민국에 기대와 우려가 공존하는 제3공화국 시대가 열리려 하고 있었다. 새롭게 권력을 쟁취한 박정하는 민주주의 기본 틀을 벗어나 군정에서처럼 독재적인 면모를 드러내고 있었다.

 협의가 아닌 독재적인 면모가 강했다.

 민정으로 들어선 정권이라고 하지만 군사정부와 어떻게 보면 크게 달라진 점이 없었다. 독재에 대해 안팎으로 반발이 제법 심했는데, 그럼에도 불구하고 박정하는 뚝심으로 밀어붙였다.

불안 요소들이 산적한 가운데 풍랑에 흔들리는 배처럼 휘청거리면서 나아가고 있는 대한민국이었다.

* * *

일본 총리실은 요즘 무척이나 소란스러웠다.

"어떻게 한국이 우리 일본의 도움 없이 제철소와 고속도로를 건설할 수 있는 거요?"

이케다 총리가 역정을 냈다.

대한민국은 강점기 시절 이후 일본의 기술을 도입하고, 또 기업들과 중요한 거래를 해 왔다. 2차 세계대전에서 일본이 패전을 했지만 이런 사실은 변하지 않았고, 기술적 지배와 자본 지배는 여전히 유효했다.

대한민국에서 벌어지고 있는 대규모 토목 사업에 일본의 기업들이 빠진다는 건 있을 수 없는 일이었다.

얼마 전까지만 해도 한국 기업들은 일본 기업들에게 기술 제휴를 받기 위해 혈안이 되어 있었다. 지금도 그런 기류는 강했지만 언제부터인가 변화의 조짐이 일어났다.

제철소와 고속도로에 대한 협의를 제안하기도 했는데, 일본은 모두 퇴짜를 맞고 말았다. 이는 일본 정부와 기업들에게 엄청난 충격을 안겨 줬다.

"국교 정상화가 되어 있지 않다 보니 아무래도 한국에서 우리 기업들보다 미국 등을 비롯한 해외 국가와 연계하고 있기 때문입니다."

경제산업성 차관이 이번 사태에 대해서 설명했다.

대한민국에서 벌어지고 있는 대규모 토목 사업과 기간산업 등에 대해 일본의 경제산업성, 총무성, 외무성 등이 들여다보고 있었다.

"이건 심각한 사안이요. 한국이 다른 방향을 모색하면서 우리 일본의 영향력에서 벗어나려고 하는 거잖소."

한국에서 건설하고 있는 고속도로와 제철소 등의 설계를 일본 기업이 담당해야만 했다. 그런데 철저하게 배제를 당하고 있는 게 현실이었다.

"이런 일이 벌어진 모든 배경에는 스카이 포레스트가 있습니다."

"음! 그놈의 스카이 포레스트……."

이케다 총리는 뒷목을 붙잡고 싶었다.

요즘 툭하면 회의에서 등장하고 있는 단골 이름이었다.

스카이 포레스트의 등장과 함께 일본으로부터 절실하게 기술과 자본을 도입하던 한국의 자세가 바뀌어 버렸다.

스카이 포레스트는 특허와 소재 등을 공유하지 않는 걸로 일본에 악명이 높았다. 많은 돈을 준다고 해도 일본 기업들이 이용을 하지 못하고 있고, 이로 인해 외국 기업들과의 경쟁에서 뒤처지는 결과가 나왔다.

해외 수출 확대에 역량을 집중시키고 있는 일본 정부로서는 골치가 아플 수밖에 없었다.

"스카이 포레스트에 대한 원재료 수출 금지부터 풀고 관계를 원만히 돌려야 한다고 생각합니다."

경제산업성의 차관이 의견을 밝혔다.

그는 지금이라도 잘못된 걸 바로잡고, 스카이 포레스트와 좋은 관계를 만들어야 한다며 주장했다.

"수출 금지는 국내 화장품 기업인 시세삼도를 돕기 위한 조치였습니다."

곧바로 외무성의 히사아키 경제국장이 반발하고 나섰다.

일본 화장품 1위 기업인 시세삼도는 스카이 포레스트 때문에 적잖은 고생을 하고 있었다. 그리고 시세삼도도 고생은 줄어들지 않고 오히려 더욱 커져 갔다.

"그게 무슨 효과가 있었습니까? 스카이 포레스트의 화장품들은 여전히 시장에서 날개 돋친 듯이 판매되고 있습니다. 오히려 역풍만 불러왔죠. 한국에서는 이제 일본산 원재료 대신에 다른 국가들에서 수입해 사용하고 있습니다. 원재료를 수출하던 기업들이 얼마나 원망을 하고 있는지 아십니까?"

"원재료 수출 금지를 하지 않았으면 피해가 더 컸을 겁니다."

외무성과 경제산업성의 관료가 충돌했다.

자유시장경제에서 국가의 개입을 두고 벌어지는 견해의 다툼이었으며, 대한민국의 기업에 대한 가치관 차이에 벌어지는 일이기도 했다.

이는 옳고 틀린 문제가 아니라 어느 쪽이 일본의 국익에 도움이 되는지 따지는 자리였다.

"이제 와서 지난 일을 두고 다투면 어쩌자는 거요? 앞으로 어떻게 할지를 두고 이야기합시다."

"알겠습니다."

"총리 말씀이 옳습니다."

"다들 아시다시피 한국과 국교 정상화를 논의하고 있지요. 이제 한일회담이 코앞으로 다가왔습니다. 외무장관! 한국 쪽의 반응은 어떻습니까?"

한일 관계 정상화에는 미국의 압박이 컸다.

미국의 아시아 최우선 정책은 바로 소련의 봉쇄였다.

봉쇄의 중심축은 바로 일본이었고, 한국은 일본의 전방에서 싸우는 구도였다. 미국은 일본을 한국보다 우선시했고, 이 구도는 21세기까지 그대로 유지된다.

그에 박정희 정권은 미국의 강한 압박과 함께 그간 물밑에서 한국과 일본은 한일회담에 대한 논의를 펼치고 있었다.

일본 입장에서는 국교 정상화에 대찬성이었다.

국교가 정상화되면 한국 수출이 폭발적으로 늘어나고, 일본 기업들의 한국으로의 진출이 가능해지기 때문이었다. 기술력과 자본이 월등한 일본 기업들이 한국에서 많은 이득을 올릴 것이 뻔했다.

"얼마 전까지는 한일 관계 정상화를 빠르게 추진하려는 경향이 있었지만 지금은 다소 뜨뜻미지근한 편입니다."

"김종팔 중앙정보부장과 만나서 빠른 협상을 원한다고 이야기하지 않았소?"

"말했습니다. 그런데 박정하 예비 대통령이 자리에 오르고, 국회 비준을 받아야지 국교 정상화가 가능하다면서 시일을 두고 의논하자고 밝히더군요."

이케다 총리는 뜻밖의 이야기에 미간을 좁혔다.

"한국의 방침이 바뀐 이유가 뭐요?"

이케다 총리의 물음에 외무장관이 조심스레 상황을 설명했다.

"현재 대한민국은 경제 개발을 최우선 목표로 두고, 외화 확보에 주력했습니다. 그러나 미국을 비롯한 유럽 등지에서 차관을 들여오지 못하고, 심지어 화폐 개혁까지 실패하면서 자금 확보에 어려움을 겪었습니다."

군사정부의 헛발질로 대한민국의 경제가 크게 휘청거린 것이 사실이다.

그때 일본 총리를 비롯한 고위 관료들은 그런 모습을

지켜보면서 아주 즐거워했다. 대한민국의 어려움이 일본의 국익에 도움이 된다고 판단했기 때문이었다.

"그렇지요. 그래서요?"

"그런데 스카이 포레스트가 대한민국의 국가사업에 막대한 자금을 투자하면서 상황이 바뀌기 시작했습니다."

"일개 기업이 투자를 해 봤자 얼마나 투자를 할 수 있다고 대규모 토목 사업과 기간 산업을 대한민국이 단독으로 진행할 수 있게 됐다는 겁니까?"

"스카이 포레스트의 매출 규모는 정확하게 추정할 수 없지만, 미 증권가에서는 스카이 포레스트의 미국 법인 가치를 10억 달러는 충분히 상회할 것이라 이야기하고 있습니다."

"헉! 10억 달러라고요? 한국에 엄청난 기업이 나왔군요. 그래서 한국 정부가 콧대를 높게 세울 수 있는 거였어요."

"심지어 스카이 포레스트의 각종 계열사와 지분 투자를 한 기업들의 가치까지 계산한다면 10억 달러를 훨씬 상회할 것으로 예측됩니다."

10억 달러는 스카이 포레스트 미국 법인 하나만 놓고 셈을 친 것일 뿐이고, 스카이 포레스트 미국 법인이 지분을 투자한 싸이벡 스카이, 밀레니엄 스튜디오, 스탠드 오일과의 플랜트 시설 합작사, 면세점의 가치까지 더하면 스카이 포레스트 미국 법인의 가치는 셈을 따지기 어려울 정도였다.

"미국 법인은 그렇고 한국의 스카이 포레스트 본사는 어떻소?"

"스카이 포레스트는 매출 규모를 공시하지 않고 있기에 정확하게 알 수 있는 방법이 없습니다. 하지만 특허 로열티만으로도 엄청난 이익을 내고 있으리라 예측하고 있습니다."

LNG 관련 특허를 비롯해 최근 스카이 포레스트에서 출원한 나노 징크옥사이드 특허까지 하나같이 엄청난 가치를 지닌 탓에 그만큼 지급해야 하는 로열티도 만만치 않았다.

그러한 로열티를 세계 각국에서 받아내고 있으니, 그것만으로도 스카이 포레스트가 벌어들이고 있는 이익은 상당할 것으로 예상됐다.

"음! 외무성에서 화장품 원재료 수출 금지를 한 이유가 있구료."

이케다 총리가 심각한 표정을 지었다.

잘나간다는 사실을 알고는 있었지만 스카이 포레스트가 이렇게 많은 매출을 올리고 있는 줄은 몰랐다.

"수출 금지는 철회하는 편이 좋습니다."

경제산업성의 관료가 재차 의견을 피력했다.

"그렇게 하면 일본이 스카이 포레스트에게 고개를 숙

이는 걸로 보이잖습니까?"

"그게 중요한 게 아니죠. 스카이 포레스트는 LNG 관련 특허와 나노 징크옥사이드라는 중요한 특허를 가지고 있습니다. LNG 특허는 배를 만드는 조선 산업과 화학 플랜트 시설에 있어 대단히 중요한 기술이고, 나노 징크옥사이드는 산업 전반에 활용이 가능한 소재입니다. 이 특허들을 사용하지 못하면 해당 산업에서 경쟁력이 크게 떨어지게 됩니다."

경제산업성은 LNG 특허보다 나노 징크옥사이드에 더욱 경계심을 드러내고 있었다. 그도 그럴 것이 활용할 수 있는 산업이 너무 광범위했기 때문이었다.

일반 산화아연을 넣은 배터리와 나노 징크옥사이드를 섞은 배터리는 그 효율부터 남달랐다. 그렇기에 나노 징크옥사이드를 만들어 낼 수 있도록 배터리 업체들에게 막대한 자금을 지원해 줬다.

"나노 징크옥사이드를 개발하겠다고 배터리 기업들을 지원하지 않았소? 그건 어떻게 됐소이까?"

"아직까지 성과가 없습니다."

"배터리 업체들이 모여서 드림팀을 만들었다면서요. 일본 최고의 기업들이 모였는데, 실마리는 찾았을 거 아닙니까?"

일본의 우수한 기술력과 뛰어난 인력들이라면 어렵지

않게 나노 징크옥사이드를 만들어 낼 수 있다고 여겼다.

"그것이 쉽지가 않습니다. 다방면으로 연구하고 있지만 스카이 포레스트의 특허에서 벗어날 수 있는 방법을 아직까지 찾지 못했습니다. 게다가 실마리조차 찾기 어렵다며 연구원들이 하소연을 하고 있습니다."

일본 최고의 연구원들은 차준후가 내놓은 나노 징크옥사이드 특허에서 벗어나지 못했다. 오히려 연구할수록 차준후의 천재성을 뼈저리게 느꼈다.

1960년대의 기술을 한참이나 앞서 있었으니 어떻게 보면 당연한 결과였다.

"어렵다고만 하지 말고 해결책을 제시하란 말이요. 지금 내가 하소연을 듣자고 이 자리에 모은 줄 아는 거요? 다들 뭐라도 속이 시원한 말을 해 보시오."

"죄송합니다."

"할 말이 없습니다."

총리의 외침에 다들 모두 고개를 숙였다.

무엇이든 항상 한국을 앞서 나가 왔던 일본이건만, 어느새 몇몇 사업 분야에서는 대한민국의 기업인 스카이 포레스트에게 일본 굴지의 기업들이 뒤처지고 있었다.

이건 자존심이 걸린 문제였다. 대책이 필요했다.

"스카이 포레스트와 관련되어서는 외교적으로 해결을 봐야 한다고 생각합니다."

"외교적이라고?"

"한일 국교 정상화는 미국이 원하고 있는 세계적 흐름입니다. 이 흐름에서 스카이 포레스트도 예외가 될 수는 없지요."

"그래서?"

"한일 국교 정상화에 스카이 포레스트의 현안까지 함께 포함시키는 겁니다."

히사아키 경제국장이 꾀를 냈다.

스카이 포레스트와 직접 해결이 되지 않으면 한국 정부를 끌고 오면 됐다.

"음! 나쁘지 않은 생각인 것 같은데……."

이케다는 괜찮다고 여겼다.

"배상금은 물론이고, 차관도 빌려주겠다고 하면 한국 정부도 생각을 바꾸고 다시 빠르게 회담을 진행하고자 할 겁니다."

스카이 포레스트의 지원 덕분에 자금 문제가 많이 해결됐다고는 해도, 그건 그 순간을 넘긴 것뿐이었다.

제아무리 스카이 포레스트가 돈이 많다고 하더라도, 나라의 경제 발전을 위한다는 이유로 계속해서 돈을 지원해 줄 수는 없을 터.

결국 대한민국 정부도 다른 방안을 마련해야만 했다.

그런데 일본에서 막대한 배상금과 적지 않은 차관까지

빌려준다면?

결코 거절할 수 없을 것이었다.

이를 빌미로 대한민국 정부에게 스카이 포레스트와의 관계 개선에 협력할 것을 압박한다면, 직접 손을 대지 않고 코를 풀 수도 있었다.

"이번에 한국 대통령으로 올라서는 박정하는 우리 일본과 인연이 있기도 하니 추진해 봅시다. 내가 친서를 보내겠소."

이케다가 결정을 내렸다.

언론에 보도되는 탓에 무산되기는 했지만 박정하는 한일회담을 추진한 적도 있었고, 또 일제강점기 시절 일본과 많은 인연을 맺은 과거가 있었다. 지금까지 박정하와 일본과의 관계는 크게 나쁘지 않았다.

"이번 기회에 과거사에 대한 배상 문제도 깔끔하게 해결하고, 완전한 면죄부를 받아야만 합니다."

이케다 총리가 원하는 건 일본의 과거 문제를 전부 털어 버리는 것이었다.

일제의 과거사를 해결하지 않으면, 두고두고 일본의 발목을 잡으며 골치를 아프게 만들 수 있었다. 일본이 한국에 벌인 패악들을 따지다 보면 한도 끝도 없었으니까. 앞으로 계속해서 세계 시장에 진출해 나가기 위해서는 이미지를 개선시켜야만 했다.

그리고 어차피 해결해야 할 문제인데 스카이 포레스트의 관계까지 개선하는 데 이용한다면 일석이조라고 할 수 있었다.

"물론이지요. 그리고 배상금이나 청구권이라는 명칭을 사용하면 우리 일본이 크게 잘못한 것처럼 비치니, 독립 축하금이라고 표현하는 것이 옳아 보입니다. 어디까지나 우리가 한국에게 은혜를 베푸는 거니까요."

일본은 아직까지 제국주의에서 벗어나지 못하고 있었다. 그들은 자신들이 한국의 위에 있으며, 한일회담은 동등한 입장의 협약이 아닌 자신들이 한국에 베푸는 것이라 여겼다.

"배상금이 아닌 독립 축하금이라? 괜찮은 표현이오."

이케다가 웃었다.

지금껏 마음이 불편하기만 했는데, 속이 뻥 뚫리는 듯했다. 일본에게 식민지배를 당했다는 느낌을 상당히 많이 주는 표현이었다.

* * *

"대통령 각하! 일본 총리에게서 당선 축하 서신이 도착했습니다."

이호락 비서실장이 보고했다.

이호락은 국가재건최고회의 공보실장으로 임명되고 군사정부 대변인을 겸직한 인물로, 박태주가 포항철강을 설립하기 위해 물러나며 공석이 된 비서실장 자리에 능력을 인정받은 이호락이 후임으로 임명됐다.

"가져와 봐."

박정하는 대수롭지 않은 일이라는 듯 말했다.

우방국들에선 이제 곧 청와대에 입성할 그에게 계속 서신을 보내오고 있었다. 어떤 내용의 서신일지 뻔했기에 딱히 감흥을 느끼지 못하는 것이었다.

고급스러운 봉투에 밀납으로 봉인이 되어 있는 서신이었다. 봉인을 제거하고 서신을 읽어 나가는 박정하의 미간이 살짝 찡그렸다.

"알고 보니 웃기는 재주가 있는 놈이군."

박정하가 코웃음을 쳤다.

그의 손아귀에서 고급스러운 편지가 구겨졌다. 불쾌한 마음이 고스란히 드러난 행동이었다.

"무슨 일이신지요?"

"읽어 봐."

이호락이 건네준 서신을 살펴봤다.

대통령 당선을 축하한다는 인사로 시작하는 서신에는 조속한 한일회담을 원한다는 이야기가 적혀 있었고, 이어서 한일 국교 정상화에 대한 당위성을 길게 설명하고 있었다.

'화를 낼 부분이 아닌데?'

이호락이 볼 때는 일본이 충분히 할 수 있는 이야기였다. 한국 역시 미국의 압박에 의해 일본과 한일회담을 추진해야 하는 입장이었다. 국민들이 결사 반대를 한다고 해도 일본과의 국교 정상화는 정해진 수순이었다.

'스카이 포레스트? 한일회담에서 스카이 포레스트가 왜 나와?'

편지 말미에 갑작스럽게 등장한 단어에 이호락이 눈살을 찌푸렸다.

'스카이 포레스트와의 화해를 주선해 달라고? 이게 뭔 소리야?'

한일회담 현안에 등장하는 이야기에 이호락은 어리둥절했다. 정치적인 현안 문제에 기업이 등장했고, 스카이 포레스트와 일본의 화해를 통해 국교 정상화를 부각시키자는 일본 총리의 말이 이해가 가지 않았다.

"대통령 각하! 한일회담에 왜 스카이 포레스트가 등장하는 건지 이해가 되지 않습니다."

"일본 놈들이 애가 탔다는 방증이지."

박정하는 스카이 포레스트와 일본의 불협화음을 잘 알고 있었다. 대한민국에서 그만큼 그 속사정을 잘 아는 이는 많지 않았다.

스카이 포레스트는 황금알을 낳는 기업이었고, 이 황금알은 세계의 많은 기업들을 이롭게 해 주고 있었다. 그런데 이 황금알의 영향을 일본만큼은 누리지 못했다.

일본은 일찌감치 거위의 배를 갈라 버렸다고 할까?

아니, 황금알을 낳는 거위에게 밉보이고 말았다.

그럼에도 불구하고 거위를 계속 자극하더니 이제 와서 뒤늦게 후회하는 모양새였다.

"잘못했으면 반성을 하고 용서해 달라고 빌어야지, 이게 무슨 짓인가. 은근슬쩍 한일회담을 엮어서 스카이 포레스트를 압박하자는 형국이야."

박정하는 단번에 일본의 노림수를 알아차렸다.

일본 정부에서 직접 스카이 포레스트와의 문제를 해결할 수 없으니 한국 정부가 나서게 하려는 게 분명했다.

스카이 포레스트에서 일본 정부와 기업들의 이야기를 일절 듣지 않고 만나 주지도 않으니 이런 의도가 눈에 뻔히 보이는 어이없는 수작까지 부리는 것이었다.

"그래도 스카이 포레스트를 잘 이용하면 한일회담에서 큰 이득을 볼 수도 있을 것 같습니다."

"이봐! 지금 일본 편을 드는 건가?"

박정하의 말투가 싸늘해졌다.

"절대 아닙니다. 전 그저 한일회담에서 유리한 위치를 차지할 수 있다는 생각이었습니다."

이호락이 황급히 첨언했다.

"일본과 거래를 하지 않겠다는 스카이 포레스트를 한일 회담 테이블 위에 올려놓으면 차준후 대표가 좋아하겠어?"

"……싫어할 것 같습니다."

이호락은 비서실장으로 임명되면서 주변으로부터 스카이 포레스트, 차준후와 관련된 일에 있어서는 주의를 기울여야 한다고 조언받았다. 가볍게 처신하지 말고 주의에 주의를 기울여야 한데고 들었는데, 이번에 너무 가볍게 접근하고 말았다.

"나는 차준후 대표가 싫어하는 일은 하지 않을 거네. 밉보이기 싫거든. 그리고 애당초 우리가 원한다고 해서 차준후 대표가 들어준다는 보장도 없고 말이야."

박정하는 정부의 요청이라고 한들 차준후가 무작정 받아들이지 않는다는 걸 그간의 경험을 통해 잘 알았다. 커다란 이익이 되거나, 반대로 큰 손해를 보게 될지 모른다고 해도 차준후는 그저 하기 싫으면 하지 않았다.

"그렇군요. 그래도 아쉬움은 남습니다. 잘 이용하면 이득을 볼 수 있을 것 같습니다만……."

"내 말을 뭐로 들은 건가."

"차준후 대표에게 일본 정부와 대화를 나눠 보라고 제안하자는 게 아닙니다. 그냥 이름만 빌려서 한일회담에서 이용을 해 보자는 이야기였습니다."

이호락은 강단 있게 하고 싶은 말을 토해 냈다. 그의 이러한 강단 있는 성격을 박정하는 높게 평가했고, 그 덕분에 비서실장이라는 자리까지 오를 수 있었던 것이었다.

"음! 자세하게 말해 봐."

"한일회담이 진행되면 여론이 꽤 시끄러워지지 않겠습니까? 대통령 각하와 정부를 비난하는 원성이 드높아질 겁니다."

"그건 어쩔 수 없는 일이지."

박정하는 국민들의 비난에 대해 크게 신경 쓰지 않았다. 뚝심을 가지고 밀어붙여서 결과가 좋으면 어차피 다 좋아질 수 있다고 여겼다.

"그래도 비난을 최소화할 수 있는 방법이 있다면 좋지 않겠습니까? 일본과의 협상에서 반드시 주도권을 가져가야만 들끓는 여론을 그나마 가라앉힐 수 있을 겁니다."

"그건 그렇지."

"더불어 회담이라는 건 주도권을 쥔 쪽이 더 유리하게 이끌어 갈 수 있죠. 그러니 스카이 포레스트의 이름만 협상 테이블에 올려놓고 이용만 하자는 겁니다. 적당히 일본의 요구를 들어주는 척하면서 원하는 바를 얻어 내는 거죠."

"나쁘지 않아."

차준후의 이름을 빌리는 것만으로 일본과의 회담을 유

리하게 이끌고 갈 수 있을 뿐만 아니라, 좋은 결과를 통해 여론마저 잠재울 수 있다면 일거양득이었다.

"물론 미리 이에 대해 차준후 대표에게 허가는 구해 둬야겠지요."

"당연하네. 자네가 직접 차준후 대표를 찾아가 이야기 할 텐가?"

"저보다 더 적합한 인물이 있습니다."

"누구?"

"주미 대사를 역임했던 김천일입니다."

"아, 김천일이!"

"차준후 대표와 인연도 있고, 능력도 좋아서 이번 일을 아주 잘 처리할 겁니다."

이호락이 김천일을 적극 추천했다.

이호락은 주미 대한민국 대사관에서 부무관을 일했던 적이 있기에 김천일과 안면이 있었다.

군사정변으로 끈 떨어진 연 신세가 된 김천일은 퇴직 후 고향에서 시간을 보내고 있었는데, 이호락은 능력 있는 인물이 허송세월을 보낸다는 사실에 안타까워했다.

"김천일의 외교 능력은 어떤가?"

"아주 탁월합니다. 그렇기에 전 정권에서 주미 대사로 임명될 수 있었던 거지요."

"차준후 대표와의 일은 김천일에게 맡겨 보자고. 잘 처리하면 한일회담 특사로 일본에 김천일을 보내는 것도 생각해 봐야겠군."

박정하는 원래 김종팔을 염두에 뒀다.

조카사위로 신임하고 있지만 김종팔은 여러모로 부족한 점이 많았다. 그렇기에 박정하는 김종팔에게 중임을 맡기면서도 조금 불안하기도 했다.

김종팔은 은밀하게 처리해야 하는 일에서는 발군이지만, 외교적인 처사는 무척 약했다. 외교는 밀고 당기기를 잘해야 하는데, 의욕만 앞서서 매번 손해를 봤다.

원 역사의 한일회담에서 매우 중요한 역할을 하는 김종팔 대신에 외교적으로 능숙한 김천일이 등장하였다.

* * *

스카이 포레스트 대표실에 김천일이 찾아왔다.

"그간 어떻게 지내셨습니까, 대사님."

무척이나 인상 깊었던 김천일을 차준후가 크게 반겼다. 일찌감치 만나 봤어야 했는데, 그간 바쁘게 지내느라 김천일에 대해 까맣게 잊고 있었다.

"고향에서 텃밭을 다듬고, 소일거리를 하면서 지내고 있습니다. 이제는 대사가 아니지만 대표님에게 들으니 감회가 남다르네요."

까무잡잡하게 탄 김천일은 표정은 나쁘지 않았다. 마지막 헤어졌을 때 울분에 찼던 모습은 보이지 않고 순박한 시골 아저씨의 모습이었다.

"제 마음속에는 여전히 대사님이십니다. 갑자기 연락을 주셔서 하실 말씀이 있다고 해서 놀랐습니다."

"시골 아저씨로 지내려고 했는데, 운이 좋게도 박정하 대통령님께서 직접 불러서 일을 맡겨 주시더군요."

"대사님의 능력이 좋은 거죠. 정말 잘됐습니다."

"제 능력도 있지만 대표님과의 인연이 중요했습니다."

김천일이 웃으며 차준후를 바라보았다.

그가 다시금 정부에 등용될 수 있었던 데에는 차준후의 역할이 컸다.

"저와 인연이요?"

"국교 정상화를 논의하기 위한 한일회담이 진행되고 있다는 사실은 알고 계시죠."

"알고 있습니다."

미국의 압박 때문에 빠르게 진행되고 있다는 걸 누구보다 차준후가 잘 알았다. 졸속으로 국교 정상화가 치러지지 않도록 쏟아부은 돈만 해도 천문학적이었다.

원 역사에서 식민 지배의 면죄부를 대가로 일본에게 받는 자금으로 행해졌던 대규모 국가사업을 스카이 포레스트에서 대신 부담했다.

이 모든 건 일본과의 굴욕적인 회담이 반복되지 않길 바라는 차준후의 강력한 의지였다.

"일본 총리가 박정하 대통령님께 서신을 보냈는데, 이 서신에 스카이 포레스트와의 화해를 주선해 달라고 적혀 있었습니다. 서신을 가지고 왔는데, 보시겠습니까?"

일본 총리의 친서를 이렇게 민간인인 차준후에게 보여 주는 건 외교적 결례였다. 그렇지만 이 자리에서 이런 문제를 따질 사람은 없었다.

"일본 총리가 재미난 짓을 벌였군요."

편지를 읽은 차준후가 피식 웃었다.

자체적으로 연구를 하다 안 되겠다 싶으니까 화해를 청하려고 하는데, 그것이 어려우니 대한민국 정부를 대신 내세우는 것이었다.

가소로웠다.

이런 게 가능하다고 여긴다는 것 자체가 아직도 일본이 대한민국을 우습게 본다는 방증이었다.

"원래 이런 비열한 짓을 잘 벌이는 일본이잖습니까. 그리고 외교적으로 이런 일은 비일비재합니다. 국익을 위해서라면 이용할 수 있는 건 다 이용하지요."

국익 앞에서 이용하지 못할 건 없었다.

"그래서요? 박정하 예비 대통령께서 화해를 주선해 달라고 대사님을 보낸 겁니까?"

"대통령께서 딱 잘라 안 된다고 거절하셨습니다. 다만 이걸 한일회담에서 이용할 수도 있겠다고 생각하고 계십니다."

"재미난 이야기군요. 계속해 보세요."

"한일회담을 치르면서 정부는 스카이 포레스트와 일본의 화해를 주선한다는 분위기를 물씬 풍길 겁니다. 사이가 좋지 않은 자들을 중재하는 건 미덕이 아니겠습니까. 그러면서 이득을 쏠쏠히 챙기면 아주 좋은 일이지요. 지금껏 일본은 한일회담에서 고자세를 유지해 왔는데, 스카이 포레스트 때문에 고자세를 버려야만 할 겁니다. 대한민국이 우위에 설 수 있는 기회입니다."

"스카이 포레스트는 어떤 자세를 취하면 됩니까?"

"편하게 하시면 됩니다. 조용히 있어도 되고, 반발을 하셔도 됩니다. 어느 쪽을 취한다고 해도 정부에서 맞춰서 행동할 수 있습니다. 딱 잘라서 일본과의 협상은 없다고만 안 해 주시면 좋겠습니다."

스카이 포레스트가 조용히 있으면 긍정적으로 생각한다고 일본에 이야기할 거다. 스카이 포레스트가 반발하면 일본 너희들이 잘못한 게 많아서 협상에 시간이 걸린다고 말하면 그만이었다.

외교적으로 표현할 때는 직접적이지 않고 항상 여지를 남겨 둔다. 두루뭉술하게 표현해서 빠져나갈 방도를 마련하는 것이다.

"알겠습니다. 대한민국이 이득을 볼 수 있다는데 그 정도는 들어줘야지요."

"감사합니다. 좋게 생각해 주신 대표님 덕분에 제가 한일회담 특사로 일본에 갈 수 있게 됐네요."

조건부로 나온 자리였다. 차준후에게 긍정적인 대답을 이끌어 내면 박정하가 중임을 맡기겠다고 밝혔다.

"미리 말씀해 주시지 그러셨습니까. 그러면 고민을 덜했을 텐데요."

"대표님에게 부담을 드릴 수는 없는 노릇이지요."

"저는 대사님에게 부담을 줘야 하는데요."

한일회담에 중대한 역할을 맡은 김천일에게 차준후는 원하는 게 많았다.

"편하게 말씀하십시오. 경청하겠습니다."

"한일회담에서 일본에 완전한 면죄부를 줘서는 절대 안 됩니다."

"당연합니다. 단어 하나로 해석이 달라질 수도 있는 게 바로 정치 외교입니다. 국교 정상화의 한일회담 문서에는 단어와 문장을 주의해서 들여다봐야만 합니다."

"독도 문제도 이번 한일회담에서 확실하게 매듭을 지어 주십시오."

"염두에 두고 있습니다. 한국전쟁 당시 일본이 독도를

욕심냈던 걸 잘 알고 있으니까요. 독도는 역사적으로 움직일 수 없는 대한민국의 고유 영토입니다. 일본 놈들 식으로 말하면 대마도도 우리나라 영토인 거죠."

독도는 대한민국의 영토이다.

자유 진영 동맹이라고 말하면서도 일본은 독도에 대한 야욕을 멈추지 않고 있다.

한국전쟁이 한창일 때 일본은 순시선을 동원해서 독도에 몰래 들어와 죽도라는 팻말을 세우기도 했다. 독도 점령을 노골적으로 드러낸 일본에 맞서 독도에 36인의 의용 수비대가 조직됐다.

사람들에게 잘 알려지지 않았지만 36인의 의용 수비대는 실제로 일본과 목숨을 건 처절한 투쟁을 벌였다. 이런 투쟁이 무려 3년 6개월에 걸쳐 펼쳐졌다.

만약 이들이 없었다면 독도는 일본에게 넘어갔을지도 몰랐다.

"좋네요."

차준후가 웃었다.

한일회담 당시에 독도를 폭파하겠다는 말까지 내뱉었던 한국 협상자들이었다. 이제 협상 당사자들이 바뀌면서 굴욕적인 협상은 완전히 사라지게 됐다.

"위안부와 마루타 문제도 끄집어내면 좋지만 일본에서 인정하지 않겠지요?"

"그 문제는 지금껏 공식적으로 인정하지 않고 있습니다. 앞으로도 변하지 않을 거라고 봅니다. 지금 말씀하신 사안은 별도로 다루든지, 아니면 한일회담에서 논외로 친다는 걸 분명하게 적시하겠습니다."

"우키시마호에 대해서 알고 계십니까?"

"강제징용됐던 한국인들을 태우고 귀환하던 군함이고, 알 수 없는 이유로 침몰했다고 알고 있습니다. 당시 일본에 승선한 인원에 대한 자료를 보내 달라고 했는데, 없다고 밝혀서 논란이 크게 일어나기도 했습니다."

우키시마호는 일본이 패망한 1945년 8월 24일, 해방의 기쁨에 물든 한국인들을 잔뜩 태우고 일본에서 출발했다.

일본 해군은 우시키마호에 정원을 훨씬 초과한 상태로 한국인들을 탑승시켰다. 고국으로 돌아간다는 기쁨도 잠시뿐 우키시마호는 일본 앞바다에 침몰하였다.

즐거운 귀향길이 참담한 사고로 변해 버렸다.

일본 정부는 우키시마호 사건에서 미군이 설치한 기뢰가 폭발했다고 밝혔고, 지금까지 그 입장을 고수하고 있다.

그러나 일본 해군이 징용자들에 대한 비인간적인 대우 등을 은폐하고자 배를 폭파시켰다는 의문과 부산항까지의 항해하는 데 필요한 디젤 연료 부족 등 여러 가지 의문점들이 대두됐다.

배에 남아 있는 흔적으로 볼 때 기뢰의 외부적인 폭발이 아니라 내부 폭발이라는 명백한 증거가 나왔기 때문이다.

이외에도 폭발 전에 일본인들이 구명보트를 타고 탈출하는 정황이 나왔다.

일본의 조직적인 은폐로 아직까지 우키시마의 폭발 사건은 침몰 원인과 사건 경위가 베일에 쌓여 있다.

"일본의 계획적이면서 의도적인 폭파 침몰이라면 이는 대학살 만행 사건입니다. 이에 대한 명확한 진상 조사를 해 주셨으면 합니다."

"알겠습니다. 그런데 아직까지 자료가 남아 있는지 모르겠습니다. 일본의 만행을 조사하려면 자료가 없다고 변명하기 때문에 쉽지 않은 게 현실입니다."

"아직까지 남아 있는 걸로 압니다. 일본 야권과 함께 연대하면 우키시마호와 관련되어 남아 있는 자료를 찾아볼 수 있을 겁니다. 과거사를 명확하게 따져 가면서 한일회담을 이끌어 가십시오. 조급한 건 우리가 아니라 일본입니다."

일본의 잘못은 명명백백히 밝혀져야만 했다. 지나간 일이라고 해서 덮어 두려고만 하고, 역사를 왜곡하는 일본의 작태를 차준후는 결코 좌시하지 않을 생각이었다.

"저 대신에 대표님께서 협상 테이블에 나가셔야겠습니

다. 해당 자료가 남아 있다는 것도 알고 계시고, 정말 놀랍습니다."

김천일이 혀를 내둘렀다.

일본이 철저하게 숨기고 있는 우키시마호 자료가 있다는 걸 어떻게 알고 있는 것인가?

정확한 정보를 빠르게 접하는 건 그 자체만으로 엄청난 힘이었다. 그리고 정보를 활용하면 막대한 이득을 창출해 내는 게 가능했다.

한일회담은 전쟁이나 마찬가지였고, 소중한 정보가 승패를 좌우할 수도 있었다.

'차준후만의 정보 조직이 있다는 세간의 소문이 사실이구나. 그것이 아니라면 미국과 긴밀하게 정보를 교환하고 있는 것이겠지.'

김천일은 어느 쪽이든 차준후의 정보력이 범상치 않음을 느꼈다.

그러나 물론 그의 예상은 모두 틀렸다.

차준후가 우키시마호에 대해 알고 있는 것은 21세기에 이르러서 언론 보도로 어느 정도 밝혀진 사실이기 때문일 뿐이었다.

우키시마호 피해자들은 수십 년이 흐른 21세기까지도 끊임없이 진상을 요구했고, 일본 야권과 연대하여 어렵사리 어느 정도 진실에 다가섰다.

무려 70여 년이 흐른 뒤에야 우키시마호의 승선 자료 등이 세상에 밝혀진 것이었다.

생사가 불명했던 친인의 죽음을 뒤늦게 나온 우키시마호 승선자 명단에서 확인한 가족들의 피눈물을 흘리며 안타까워했다.

그렇게나마 슬퍼할 수 있었던 이들은 그나마 불행 중 다행이라고 할 수 있었다. 너무나도 뒤늦게 밝혀진 탓에 가족이 어떻게 죽었는지조차 확인하지 못하고 눈을 감은 이들도 많았으니까.

내 가족이 저 우키시마호에 탔다면?

가슴이 천 갈래, 만 갈래 찢어지지만 적어도 사망 사실을 알아야 할 것이 아닌가. 고인의 명복을 빌고, 제사상이라도 차리고 싶은 것이 가족들의 애틋한 마음이었다.

과거사를 반성하지 않는 일본은 잘못을 숨기기에 급급해하고 있었다.

한국인으로서 미치고 분노할 수밖에 없는 대목이었다.

"관심이 있어서 살펴보니 자연스럽게 알게 됐습니다."

"보통 사람들은 신경 쓰지 않는 부분인데 존경스럽습니다. 대표님 덕분에 일본을 압박할 수 있는 내용이 더 늘어났네요. 제가 집요하게 일본을 물어뜯겠습니다."

김천일이 아주 일본을 잘근잘근 씹어서 토막이라도 낼 기세였다. 한국인의 피가 흐르는 그 역시 일본에 맺힌 것이 엄청나게 많았다.

"식민 지배에 대한 배상과 청구라는 표현을 명확하게 하셔야만 합니다."

"가장 먼저 확고하게 해 둬야 할 부분이지요."

두 사람이 한일회담에 앞서 챙겨야 할 내용들을 의논했다. 김천일은 외교적으로 뛰어난 사람이었고, 차준후는 역사에서 한일회담에서 아쉬웠던 점들을 기억하고 있었다.

일본에게 뒤통수를 맞지 않도록 차준후가 조언을 거듭했다. 회귀하고 난 뒤로 가장 많은 대화를 하는 날이 되어 버렸다. 그만큼 국교 정상화 한일회담에 대해 할 말이 많았다.

"국교 정상화에 대한 압박은 우리나라뿐만 아니라 일본도 받고 있습니다. 누가 여유롭게 버티느냐에 따라 회담의 주도권을 가져올 수도 있다고 봅니다."

국교 정상화 합의 사항을 둘러싸고 한일 양국의 이견과 함께 국내에서 격렬한 반대 여론이 튀어나와 타결이 늦어졌다.

원 역사에서는 대한민국이 거듭된 양보를 하였고, 일본은 고자세로 우월적인 위치에서 협상을 주도했다. 대한민국은 경제 발전을 위해 시급한 외자 도입이 필요했고, 화폐 개혁 실패로 경제 상황이 무척 나빠졌기 때문이었다.

박정하는 한일회담의 조기 타결을 서두르면서 손해를

감수해야만 했다. 그리고 이 복구할 수 없는 손해는 대한민국에 두고두고 큰 아픔으로 남았다.

말도 많고 탈도 많은 양국의 국교 정상화였다.

대한민국과 일본은 가까우면서도 참으로 먼 이웃 국가였다.

"그렇군요. 그 점은 제가 간과했습니다. 대표님 덕분에 정신이 번쩍 듭니다."

대화를 통해 김천일이 한일회담에서 무엇을 챙겨야 할지 뚜렷하면서도 세밀한 방향을 알게 됐다. 대화를 하면 할수록 김천일은 차준후에게 감탄했다.

"단절된 한일 관계는 긴 여정을 가야만 할 겁니다."

"정상화가 되기까지 결코 순탄하지 않겠죠. 대표님이 볼 때 우리와 일본의 관계가 개선되기까지 얼마나 걸릴 것 같습니까?"

김천일을 차준후의 생각이 궁금했다.

외교적인 계산이 아니라 천재라고 인정받고 있는 차준후의 개인적인 의견을 알고 싶었다.

"글쎄요. 단순히 시간을 따질 문제가 아니라고 봅니다. 회담의 가장 큰 문제는 양국 국민들의 인식의 차이가 크다는 것이겠지요."

차준후가 국교 정상화에 있어 가장 큰 문제를 지적했다.

대한민국과 일본은 식민 지배의 평가에 대한 인식이 극

렬하게 갈렸다. 대한민국은 일본의 사과와 배상을 요구하고 있었고, 일본은 21세기까지 제대로 된 사과와 배상을 하지 않았다.

이건 정치인의 인식이 아니라 양국의 국민성이라고 봐야 했다.

"맞습니다. 연합국이 일본을 상대한 것처럼 무조건 항복을 이끌어 냈으면 합니다. 그러나 그것이 어렵다는 걸 알고 있습니다."

김천일의 표정이 굳어졌다.

일본의 식민 통치에서 비롯된 과거 문제를 청산한 다음에 비로소 정상적인 국교 관계에 대한 이야기를 나눌 작정이었다.

"일본은 식민 통치를 합법적이라고 내세울 겁니다. 그렇기에 배상이 아니라 독립 축하금이라는 표현을 사용하는 것이지요."

일본 총리실에서 벌어진 회의 내용은 막후에서 막강한 영향력을 행사하는 미국에 전해졌다. 미국의 동북아시아 정책, 공산 세력에 대처하는 한미일 지역 통합 전략에 일본이 허락을 구하는 것이었다.

그리고 이런 이야기가 다시 대한민국과 차준후에게로 전달됐다.

"일본에 건너가기 전에 명칭 문제를 정하는 것부터 대립을 하고 있습니다. 이승민 정권에서도 있었던 일입니다."

답답했는지 김천일이 넥타이를 느슨하게 만들었다.

"뭘 뽑아내거나 받아 낸다고 생각하지 마세요."

"네?"

"버티세요. 어렵고 힘든 건 대한민국만이 아닙니다. 일본도 미국의 압박을 강하게 받고 있다는 걸 명심하세요."

차준후는 적절하게 조언했다.

1960년대 초는 냉전이 무척이나 치열한 시기였다.

미국은 냉전이 제3차 세계대전으로 발전하는 것을 무척이나 두려워했고, 이는 공산주의에 대한 공포이기도 했다.

유럽에서의 냉전에 못지않은 인도차이나 반도에서의 전쟁이 이제 코앞으로 다가왔다.

유럽이 가장 큰 문제이지만 아시아에서도 공산 세력의 확산이 계속되고 있었다. 인도차이나 반도에서 프랑스가 밀려나면서 제1차 인도차이나 전쟁이 끝났지만 이는 끝이 아니라 본격적인 시작이었다.

대한민국에서 익숙한 월남전이 이제 멀지 않았다.

1964년이 되면 아시아의 정세는 급박하게 돌아간다.

그 유명한 통킹만 사건이 벌어지고, 미국은 베트남에 폭격을 시작으로 본격적인 군사 개입을 한다. 동아시아에서 한미일은 정치, 군사, 경제적으로 결속하지 않으면 안 되는 국제 상황이 벌어지는 것이다.

대한민국이 계속 버티면 일본은 결코 고자세를 유지하지 못한다.

"그렇기는 하지요."

"그동안 국교 정상화에 소극적이던 일본이었습니다. 일본의 이케다가 한일회담에 나서는 건 지속적인 경제 성장과 함께 해외 진출을 적극적으로 모색하고 있기 때문입니다."

차준후는 1960년대의 상황을 알게 됐다.

미래 지식을 가졌기 때문이기도 했지만 스카이 포레스트를 운영하면서 일본의 정책에 대해서 자세하게 이해할 수 있었다.

대한민국이 일본과 국교를 정상화해야 할 필요가 있는 것처럼 일본도 대한민국과 경제 협력을 중시해야 하는 국제 상황이 만들어졌다.

국교 정상화는 가깝고도 먼 양국 사이에 타결해야만 하는 문제였다. 차준후의 회귀로 경제 협력 사안이 더욱 크게 대두됐다.

"일본이 적극적으로 모색한다라……."

"크게 보세요. 동아시아 자유 진영의 안전 보장을 기본으로 한 경제 협력론입니다."

차준후는 미국과 유럽 등을 오가면서 경제 협력의 필요

성을 절실하게 느꼈다.

김천일이 고개를 끄덕였다.

"분명히 마음에 들지 않는 일본이지만 대한민국의 성장을 위해서는 일본과의 협력이 필요하지요."

"단순히 정부 간의 입장만이 아닌, 기업들 간에도 일본과의 협력은 도움이 많이 될 겁니다."

"스카이 포레스트도 말입니까?"

"저희는 아직 특별히 일본 기업과 교류할 만한 사안은 없습니다."

차준후가 선을 그었다. 일본 기업과 협력할 정도로 대단한 사안은 없었다.

그러나 이건 스카이 포레스트가 특별한 경우였다.

세계적으로 잘나가는 스카이 포레스트는 미국과 유럽에서 협력을 이끌어 낼 수 있었지만, 상황이 열악한 다른 국내 기업들은 아니었다.

성삼과 대현은 일본 기업들과 좋은 관계를 유지하고 있었고, 경제인들끼리 자주 만나 안부를 주고받기도 했다.

일본과 격렬하게 대립하고 불편한 관계인 스카이 포레스트가 잘나가고 있는 지금 상황이 무척이나 특이한 경우였다.

"혹시라도 스카이 포레스트가 일본과 관계를 개선하시려고 할 때는 미리 이야기를 해 주셨으면 합니다. 외교적으로 잘 이용할 수 있을 것 같아서 부탁드리는 겁니다."

"알겠습니다."

차준후가 흔쾌히 받아들였다. 도움이 된다는데 알리지 못할 이유가 없었다.

일본과의 회담에서 외교적으로 부족함이 많았던 대한민국이 우위에 설 수 있다면 지금보다 더한 것도 할 수 있었다.

"대표님이 있어서 든든합니다."

김천일은 대화를 하면 할수록 앞이 훤해지는 느낌을 받았다. 모호하기만 한 국교 정상화 현안들을 명확하게 인식하였고, 일본에 무엇을 어떻게 요구해야 할지 알 수 있었다.

제7장.
카세트 플레이어

카세트 플레이어

차준후가 말없이 웃었다.

국교 정상화 논의가 본격화되려고 하는 지금, 스스로 생각해도 자신이 대견스러웠다.

'내가 한일 국교 정상화 때문에 미친 듯이 일했어.'

대한민국이 일본과의 협상에서 밀리지 않게 만들기 위해서 정말 열심히 일했다.

경부고속도로, 포항철강, 강남 개발, 지하철 등의 대규모 기간 산업을 무리하게 추진한 게 모두 국교 정상화 때문이기도 했다.

1960년대 빠른 대한민국이 발전을 논할 때 빠지지 않고 등장하는 것이 바로 국교 정상화와 청구권 자금이었다.

일본에서는 이를 경제 협력 자금이라고 말한다.

서로 유리하게 해석할 여지를 남겨 둔 국교 정상화였고, 일본은 청구권이라는 용어 자체를 인정하지 않았다. 그리고 이건 21세기까지 그대로 유지된다.

국교를 정상화하지만 식민지 지배에 관한 역사 인식의 차이를 좁히지 못했고, 독도 영유권, 어업권 등 두고두고 논쟁과 갈등을 불러일으키는 화근 덩어리이기도 하다.

이런 화근을 없애기 위해서는 많은 준비가 필요했다.

'회귀까지 한 마당에 그 꼴은 내가 못 보지.'

차준후는 이번 기회에 대한민국의 이익을 최우선으로 내세우면서 한일기본조약을 제대로 뜯어고치도록 시도해 볼 작정이었다.

두 사람의 대화가 길어졌다.

* * *

차준후가 문을 열고 나서자, 경호원들과 운전기사가 기다리고 있었다.

"대표님, 좋은 아침입니다."

"식사들은 하셨습니까?"

아침 인사를 하는 차준후였다.

이제 밥 먹었냐는 인사가 익숙해졌다. 미국식으로 따지면 굿모닝이나 마찬가지였다.

"든든하게 먹고 나왔습니다."

차준후가 뒷좌석에 탑승했다.

운전기사는 시동을 걸자마자 라디오 주파수를 맞췄다.

차량 뒷좌석의 한쪽에는 신문들이 놓여 있었다. 출근을 하면서 볼 수 있게 마련되어 있는 신문들이었다.

가장 위에 놓인 천하일보에는 한일회담에 대한 일본의 기사가 보였다.

굵은 글씨로 일본의 외교관인 구부타의 발언이 대문짝만하게 적혀 있었다. 한국인들이 보면 울화통이 치밀어 오를 수밖에 없는 내용이었다.

이른바 구부타의 망언이었다.

대한민국의 배상 청구에 대해 구부타는 일본 측도 보상을 받아야 한다고 떠들어 댔다.

「한국은 중국이나 러시아에 점령당했으면 더욱 비참한 상황에 놓였을 것이다. 일본은 한국의 발전에 상당히 이바지하였다. 벌거숭이산을 울창하게 만들어 줬고, 경제를 발전시키는 등 많은 이익을 한국에 안겨 줬다. 한국은 이미 일본에 많은 보상을 받은 것이다.」

한일회담에 찬물을 끼얹는 구부타의 발언이었다. 이 때문에 예정되어 있던 한일회담이 결렬되는 사태로까지 이어졌다.

하지만 이러한 난항에도 결국 한일회담은 다시 재개될 수밖에 없는 흐름이었다.

"오늘은 뉴스가 아니라 잔잔한 음악을 듣고 싶네요."

차준후는 편안한 마음으로 출근을 하고 싶었다.

요즘 라디오에서는 연일 한일회담에 대한 이야기들로 시끄러웠다.

구부타를 비롯한 일본인들의 망언은 계속 이어졌다. 마치 릴레이 계주를 하는 것처럼 잊을 만하면 망언을 토해내는 일본인들이었다.

아픈 상처를 들쑤시는 일본인들 탓에 한국인들은 분노했다. 자연스럽게 야당, 학생, 시민의 격렬한 반대가 튀어나왔다.

늘어나는 시위로 인해 정국이 어수선했다. 경찰들의 출동해서 시위를 탄압하기도 했다.

유치장이 잡혀 들어온 시위대로 꽉 찼다는 소식을 신문들이 연일 보도했다. 이제 더 이상 잡아서 집어넣을 유치장이 없어서 난리라는 소식을 내보냈다.

"알겠습니다."

운전기사가 잔잔한 가요가 나오는 채널을 찾으려고 노력했다.

"음! 원하는 노래 듣기가 힘드네."

차준후가 아쉬워했다. 라디오에서 들려오는 1960년대 가요는 그의 취향이 아니었다.

"죄송합니다. 바로 다른 노래를 찾아보겠습니다."

운전기사의 얼굴이 창백해졌다.

큰일 났다. 질책을 당하고 말았다.

이런 사소한 것을 맞추지 못한다면 수행 운전기사로 면목이 서지 않는다. 운전기사의 자리에서 쫓겨날지도 몰랐다.

덜덜덜!

라디오 주파수를 맞추고 있는 그의 손이 마구 떨렸다.

혼잣말로 한 것인데, 그것이 운전기사에게는 책망처럼 들릴 수도 있었다.

"아! 그런 의미가 아닙니다. 괜찮으니 출발하세요."

차준후는 운전기사를 다독거렸다.

"⋯⋯제가 부족함이 많습니다, 대표님."

운전기사가 재차 고개를 숙였다.

차가 용산으로 출발했다.

부드럽게 움직이는 차량이었지만 운전기사의 창백해진 안색은 좀처럼 돌아오지 않았다.

"원하는 노래를 콕 집어서 직접 들을 수 있으면 좋겠다는 의미로 한 말이었습니다."

차준후가 운전기사의 오해를 풀어 주려고 노력했다. 괜

히 자신의 혼잣말로 인해 전전긍긍하고 있는 모습이 참으로 안쓰러웠다.

"아! 레코드처럼요?"

"차에 타자마자 전축에 거는 레코드처럼 곧바로 음악을 들을 수 있으면 좋지 않겠습니까?"

"듣기만 해도 환상적이네요."

상상만으로도 즐거웠기에 운전기사가 웃었다.

장시간 차에 있는 운전기사에게 있어 노래는 동반자나 마찬가지였다. 하지만 애창곡들이 있어도 라디오에서 들려오는 노래를 그저 들을 수밖에 없었다.

"그 환상적인 순간이 빨리 오도록 만들어야겠네요."

차준후는 차에서 원하는 노래를 듣고 싶었다.

이제 라디오 방송국이 들려주는 노래가 아니라 직접 노래를 선택하기를 원했다. 그동안 대한민국의 발전을 위해 굵직굵직한 사업들을 많이 했는데, 이제 다소 개인적인 취향을 위해서 일하고 싶었다.

* * *

책상 위에는 지엘사의 A-501 라디오가 놓여 있었다.

그리고 라디오의 옆에는 다양한 책들이 펼쳐져 있었는데, 그중 하나에는 방송국에서 주로 사용하는 릴테이프와 장비에 대해 그림과 함께 설명하는 내용이 보였다.

연필을 쥐고 있는 차준후가 라디오를 뚫어져라 바라보았다.

"그려 보자. 내 마음속에는 이제 카세트 플레이어에 대한 그림이 만들어졌어."

그렇다.

차준후는 카세트 플레이어에 대한 디자인과 설계를 위해 연필을 든 것이다. 그의 마음속에는 분명히 카세트 플레이어에 대한 그림이 선명했다.

마음속 심상을 그림으로 만들기만 하면 됐다.

"이게 아닌데……."

차준후가 분주하게 움직이던 손을 멈췄다.

또렷하게 잡은 카세트 플레이어의 설계와 디자인을 제대로 표현하지 못했다. 카세트 플레이어를 세련되게 표현하려고 하는데 손이 자꾸만 이상하게 움직였다.

너무나도 그림이 엉망이라 왼손으로 오른손을 붙잡고 그려 봤다.

소용없었다.

"오늘따라 그림이 엉망이네. 발로 그려도 이것보단 낫겠다."

차준후가 자신의 그림을 보면서 절망했다.

세상에 없는 카세트 플레이어를 보여 주기 위해 그림을

그렸다. 그런데 이 그림을 보고서 알아보는 사람이 있기나 할까?

절망적이다.

"옆에 설명이라도 적어 넣어야겠다. 한 손에 잡을 정도의 크기이면서 날렵하고 세련된 모습을 보여 줘야지. 보자마자 세련되었다는 인식을 가질 수 있어야 해."

차준후는 자신의 그림이 엉망진창이라는 걸 잘 알고 있었다.

엉망진창이 그림 옆에 설명이 다닥다닥 붙었다. 그림만 보고서 카세트 플레이어 설계 의도를 알아낸다면 그 자체만으로 천재적인 재능을 가졌다고 봐야 했다.

다행스럽게도 차준후는 그런 천재적인 디자이너를 알고 있었다.

"영식이를 불러야겠다."

전영식이라면 이 디자인을 살려 낼 수 있었다.

매번 엉망인 디자인을 멋지고 세련되게 만들어 주는 전영식이 이번에도 멋진 솜씨를 보여 주리라!

괜히 회사에서 비싼 비용을 지불하는 것이 아니다.

모든 건 바로 이런 절망적인 순간을 벗어나기 위함이다.

"실비아 비서실장님, 전영식 수석 디자이너를 불러 주세요."

차준후가 인터폰으로 지시했다.

― 네. 바로 연락할게요.

실비아 디온이 목소리가 인터폰을 통해 들려온 지 얼마 후.

"안녕하세요, 대표님."

스케치북을 든 전영식이 곧바로 대표실로 올라왔다.

"잘 지냈어?"

"저야 항상 잘 지내고 있죠. 그렇지 않아도 오늘은 출근을 하고 싶더라고요."

환하게 웃고 있는 전영식을 차준후가 반갑게 맞이했다.

스카이 포레스트보다 화실에 주로 있는 전영식이었다.

폭발적으로 그림 솜씨가 늘어나고 있는 전영식은 얼마 후 개인 전시회를 개최할 예정이었다.

"설계도를 그려 봤는데, 네 솜씨가 필요해."

"얼른 보여 주세요."

전영식이 보챘다.

차준후의 설계도를 볼 때마다 참으로 많은 걸 보고 느꼈다. 이번에도 그런 새로운 공부를 할 기회였다.

"이거야."

차준후가 설계도를 보여 줬다.

"아!"

전영식이 탄식을 터트렸다.

엉망진창인 그림 속에 이제껏 보지 못한 평범하지 않은

묘한 것이 깃들어 있었다. 산업디자인에 눈을 뜨면서 많은 책을 봤지만 단 한 번도 보지 못한 느낌이었다.

"엉망이지."

차준후의 얼굴이 살짝 붉어졌다.

친동생처럼 여기고 있는 전영식의 넋이 나간 모습에 부끄러움이 밀려왔다.

"엉망이 아니에요. 별세계처럼 멋진 모습이 보여서 감탄했어요."

전영식이 황급히 입을 열었다.

"엉망이라고 해도 괜찮아."

"그림적인 측면에서만 보면 유치원의 아이가 그렸다고 할 수준인 건 맞아요. 그렇지만 이 그림 안에는 별세계처럼 번뜩거리는 빛이 있어요. 그게 저에게는 보여요."

전영식이 그림에 대해서 품평했다.

"그래?"

"한 손에 잡을 수 있을 정도로 날렵하면서도 세련된 디자인! 여기 설명해 준 이야기를 보니까 더욱 마음에 와닿네요. 보면 볼수록 전투기가 떠오르는데, 정말 대단해요."

전영식이 감탄했다.

'알아보는 네가 더 대단하다.'

차준후는 평범하지 않은 전영식이 천재성을 다시금 실감했다.

미래에서 본 멋진 카세트 플레이어 디자인을 그리려고 한 건 사실이었다. 단순히 카세트 플레이어가 아니라 CD와 MP3 디자인까지 섞어 넣었다.

카세트 플레이어 디자인 설계에 전투기처럼 유려함을 섞어 넣으려고 했다.

"제가 지금 바로 그려 봐도 될까요?"

"물론이지."

손님 접대용 의자에 앉은 전영식이 곧바로 카세트 플레이어 설계도를 그리기 시작했다.

슥! 스윽!

만년필이 움직일 때마다 스케치북 위에 유려한 선들이 피어났다. 그 선들이 만들어가는 카세트 플레이어 디자인은 차준후가 마음속에 그렸던 모습보다 더욱 아름답고 세련됐다.

차준후가 환상적으로 만들어지고 있는 카세트 플레이어 설계도를 보면서 감탄했다.

'멋지다.'

혹시라도 전영식의 집중이 깨어질까 떠들지 못하고 조용히 구경하였다. 이럴 때는 그저 조용히 있는 것이 최고였다.

고요한 공간에서 만년필 움직이는 소리만이 조용하게 울렸다.

묵묵히 만년필을 움직이는 전영식의 모습에는 어느새 무게가 실려 있었다. 명동 극장사에서 꾀죄죄한 모습으로 간판에 그림을 그리던 모습은 더 이상 찾아볼 수가 없었다.

전영식의 재능이 화려하게 피어나고 있었다.

'흐뭇하네.'

차준후는 멋지게 성장한 전영식을 보면서 크게 감사했다.

왜?

몰락하는 천재의 변신은 회귀한 그에게 무척이나 커다란 위안을 주고 있었으니까.

외롭고 지치고 상처받았던 전생의 삶이 전영식과 함께하면서 치유받는 기분이었다. 그리고 요즘 사업적으로 바빠서 자주 만나지 못하는 다른 사람이 뇌리에 떠올랐다.

그는 카세트 플레이어를 만들기 위해서 꼭 필요한 기술 고문 신판정이었다.

전영식의 도움을 받아 카세트 플레이어 설계를 마친 차준후는 신판정을 곧바로 불러들였다.

"잘 지냈나?"

신판정 기술고문이 등장했다.

"어서 오십시오."

차준후가 깍듯하게 인사하였다.

요즘 들어 눈코 뜰 새 없이 바쁜 시간을 보내고 있는 신판정이었다. 자동문 때문에 미국과 유럽을 밥 먹듯이 오가고 있었다.

귀찮고 번거로운 일들을 실무진과 아랫사람들에게 일임하고 있는 차준후와 달리 신판정은 직접 움직이고 있었다.

미국에서 귀국한 지 얼마 되지 않은 신판정이었다.

"뉴욕에서의 자동문 사업은 잘되고 있나요?"

"물건이 없어서 못 팔 지경이네. 이제 입소문이 퍼져서 일감들이 너무 밀려 있어. 직원들을 더 고용하고, 생산물량을 늘리고 있는데도 불구하고 감당이 되지 않아."

신판정은 미국의 엄청난 주문 물량에 혀를 내둘렀다. 자동문 생산과 설치에 있어 충분히 감당할 수 있다고 여겼는데 오산이었다.

"미국이니까요."

차준후는 미국의 압도적인 소비력을 잘 알고 있었다.

어설프게 접근하였다가는 그 소비를 절대 감당하지 못한다.

"이번에도 재미난 물건을 만들어 냈다고?"

"카세트 플레이어라는 겁니다."

"음! 영식이가 먼저 왔다 간 모양이군."

카세트 플레이어 디자인을 받아 든 신판정이 웃었다.

한눈에 봐도 범상치 않은 카세트 플레이어 디자인이었다. 누가 봐도 전영식의 그림이다.

그리고 신판정은 차준후의 엉망진창인 그림 솜씨를 잘 알고 있었다. 죽었다 깨어나도 차준후가 이런 멋진 설계도를 만들어 내진 못한다.

"이게 대체 뭔가?"

신판정은 멋진 설계도를 보니 제작 욕구가 마구 솟구쳤다.

"방송국에서 사용하는 릴테이프를 소형화해서 집어넣는 카세트 플레이어입니다. 음악을 듣는 데 사용하는 것이죠."

"아! 음성이 흘러나오게 만드는 것이군. 카세트는 소형화된 릴테이프의 명칭이겠고."

신판정이 곧바로 카세트 플레이어의 제작 이유를 알아차렸다.

기계적인 부분에 있어 탁월한 재능을 가지고 있는 신판정다웠다.

"맞습니다. 정식 명칭은 컴팩트 카세트테이프인데, 카세트라고 하는 게 편하죠. 좋아하는 노래를 길거리를 걷거나 야외에서 듣기 위해 카세트 플레이어를 만들어 보려고 합니다."

"이렇게 작게 만들 수 있다니 놀랍군."

"스피커를 떼어 내고, 라디오를 들을 수 있는 부품들까지 떼어 내 버리면 됩니다. 최우선적으로 카세트만 작동시키는 거에 중점을 두세요."

차준후가 극단적으로 주문했다.

"알겠네. 이걸 보니 정말 의욕이 솟구치는군."

이처럼 혁신적인 카세트 플레이어를 만들 수 있어서 기쁜 신판정이었다. 한동안 카세트 플레이어 제작에 힘을 쏟아야만 할 것 같았다.

"언제까지 가능하시겠어요?"

"기술적으로는 딱히 어려워 보이지는 않는군. 다만 작게 만들어서 제대로 작동하는지 알아봐야 하네."

"그건 기술고문께서 알아서 잘 해내시겠죠. 세계에서 가장 작고 성능 좋은 부품들을 구해다 드릴게요."

차준후는 이미 미국과 유럽 등에 카세트 플레이어에 들어갈 부품 수급을 지시해 뒀다. 미국과 유럽의 직원들이 카세트 플레이어에 들어갈 작고 성능 좋은 부품을 찾으려고 돌아다니고 있었다.

직원들이 구한 부품들이 SF 항공의 비행기에 실려 대한민국으로 날아왔고, 지속적으로 새로운 부품들이 오고 있었다.

"자네를 만난 건 내 인생에 있어 최고의 복이네."

신판정은 차준후와의 인연이 너무나도 소중하고 고마웠다. 가난을 떨쳐 낼 수 있었고, 게다가 매번 혁신적인 제품을 만들 수 있어서 행복했다.

새로운 걸 찾는 기술자에게 있어 차준후의 제작 의뢰는 보물이나 마찬가지였다.

"저도 마찬가지예요. 기술고문님이 없었으면 정말 끔찍했을 거예요."

차준후가 몸을 떨었다.

21세기에서 살다가 온 차준후는 지금도 많은 고생을 하고 있었다. 자동화에 익숙했던 그의 고생을 덜어 주고 있는 사람이 바로 신판정이었다.

"내가 더 고맙네."

신판정은 차준후의 은혜를 잊지 않고 있었다.

마찬가지라니, 그건 있을 수도 없는 이야기였다. 차준후를 만나고 나서 그의 인생은 제대로 꽃이 폈다.

"제대로 된 제품이 나오기 전까지 이번 카세트 플레이어는 극비리에 진행해야 합니다."

비밀 엄수!

요즘 들어 스카이 포레스트에는 산업 스파이들이 기승을 부리고 있었다. 국내 기업들뿐만 아니라 미국과 일본 등의 산업 스파이들도 등장했다. 다툼 때문인지 일본의 기업들이 스카이 포레스트의 비밀을 빼내기 위해 혈안이 되어 있었다.

 카세트 플레이어는 엄청난 파괴력을 가지고 있는 제품이었다. 카세트 플레이어에 대한 비밀이 유출되면 곤란한 상황이 벌어질 게 분명했다.

"믿을 수 있는 사람들과 작업을 해야 합니다."

"알겠네. 각별히 조심하겠네."

 카세트 플레이어에 대한 비밀 프로젝트가 스카이 포레스트에서 차준후를 비롯한 소수의 사람들에 의해 은밀히 진행됐다.

 카세트 플레이어 부품들을 사들이기 때문에 미국과 유럽에서는 스카이 포레스트가 라디오를 연구하거나 만들려고 한다고 받아들였다.

 카세트 플레이어 제작은 딱히 대단히 어려운 일이 아니었다. 이미 기술과 물건들이 세상에 나와 있었기에 돈과 시간을 들이면 기업들은 충분히 완성을 시키는 게 가능했다.

 그러나 발상의 전환을 한다는 건 쉬운 일이 아니다.

 그 어려운 걸 천재 차준후가 또다시 숨 쉬듯이 가볍게 해내려 하고 있었다.

 어떤 기업도 시대를 앞서 나가는 카세트 플레이어 제작 시도인 줄은 꿈에도 몰랐다. 그도 그럴 것이 아직 제대로 된 키세트테이프조차 나오지 않은 상태였다.

"카세트 플레이어가 세상에 등장하는 날, 사람들이 경악을 하겠군. 그날이 하루라도 빨리 오도록 밤을 새워 가며 작업하겠네."

"먹을 것 마음껏 먹고, 편하게 주무시면서 일하세요. 나이도 있으신데 쓰러질 수도 있어요."

차준후가 신판정의 건강을 염려했다. 중년의 나이에 무리를 하다가 잘못하면 큰일이 벌어질 수도 있었다.

"후후후! 건강 빼면 시체인 사람이네. 걱정하지 말게."

신판정은 이미 카세트 플레이어에 집중한 상태였다.

이런 신판정은 옆에서 말린다고 해서 듣지 않았다.

한국 전자 산업의 진흥이 차준후의 음악 감상이라는 취미를 위해 부쩍 앞당겨졌다. 워크우먼이라는 쏘니의 영광을 빼앗기게 된 일본으로서는 땅을 치고 안타까워할 일이기도 했다.

* * *

네델란드 에인트호번에 위치한 필리스.

1891년에 설립된 기업으로 유럽의 유명한 전기전자업체로서 이름이 높다. 필리스는 빠르게 성장하고 있는 기업으로 많은 사람들이 주목하고 있다.

필리스의 건물로 검은 벤츠 차량들이 줄지어 들어섰다.

"처음 뵙겠습니다. 파운 필리스라고 합니다."

금발의 청년이 차량에서 내리는 차준후를 반갑게 맞이했다.

"차준후입니다."

"오시느라 힘드시지는 않았습니까?"

"기쁜 마음으로 달려왔습니다. 필리스와 좋은 이야기를 나눌 생각에 잠도 제대로 자지 못했지요."

"저도 그렇습니다. 스카이 포레스트가 우리 필리스와 협력을 하고 싶다는 이야기를 듣고서 소풍 가기 전날의 소년이 되고 말았지요."

파운 필리스는 창업자의 아들로, 차기 필리스의 후계자로 인정받은 전도유망한 사업가이다. 그런 그가 직접 건물 앞까지 직접 나와서 차준후를 영접하고 있었다.

"자! 들어가서 이야기를 나누지요."

파운 필리스가 차준후와 실비아 디온 등의 일행을 안내했다.

필립스는 약진하고 있었지만 요즘 다른 전자업체들과 치열한 경쟁을 벌이고 있었다. 분명히 성장을 하고 있었지만 부족한 점이 보였다. 특히 혁신적인 면에서 부족하다는 평가가 많았다.

전 세계적으로 혁신하면 가장 앞서 나가는 사업가가 바로 차준후였다. 유명한 차준후가 아무런 관계가 없는 필리스까지 그저 날아오지는 않았으리라!

파운 필리스를 비롯한 많은 사람들이 이번 차준후의 방문에 기대를 걸고 있었다.

"어떤 기술 협력입니까? 필리스는 무엇이든 스카이 포레스트와 전력으로 협력을 할 준비가 되어 있습니다."

회의실에 들어서자마자 파운 필리스가 의욕적으로 나섰다.

"준비한 걸 꺼내 주세요."

차준후가 말했다.

"네."

실비아 디온이 책상 위에 거대한 크기의 릴테이프를 올려놓았다.

"릴테이프 아닙니까?"

릴테이프는 필립스가 만들고 있는 여러 제품들 가운데 하나였다.

그렇지만 많은 이득을 보는 제품은 아니었다. 그도 그럴 것이 릴테이프는 여러 규격이 난립하고 있는 상황이었다. 독일과 영국, 미국 등 릴테이프를 생산하는 기업들은 많았다.

"저는 이걸 호주머니에 넣을 수 있게 작게 만들려고 합니다."

"음! 그렇지 않아도 릴테이프 소형화에 대한 의견이 개발 부서에서 올라오기도 했습니다. 그렇지만 워낙 많은 경쟁 업체들이 있어서 개발 프로젝트를 승인할지 고민하고 있었지요."

파운 필리스는 새로운 시대의 후계자로서 신중하게 사업들을 진행하고 있었다.

필리스를 스카이 포레스트처럼 혁신적인 기업으로 만들기 위해서는 새로운 사업 아이템이 필요했다. 여러 경쟁 업체들이 즐비한 릴테이프 사업에서 승리할 수 있다는 확신이 없었다.

"릴테이프 소형화, 저는 이 제품에 컴팩트 카세트테이프라고 이름을 붙였습니다."

차준후가 필리스가 붙였던 이름을 그대로 가져다가 사용했다.

입에 붙은 명칭이었다.

필리스의 규격이 곧 카세트테이프이다.

원래 필리스의 카세트테이프는 1963년에 베를린 라디오 전자 전시회에 처음으로 등장한다. 딱히 혁신적인 제품이 아니었기에 처음에는 큰 관심을 불러일으키지 못했다.

"컴팩트 카세트테이프의 가치가 있다는 건 알고 있습니다. 그렇지만 이것이 필리스와 스카이 포레스트가 함께 협력할 정도의 파괴력이 있는 겁니까?"

파운 필리스는 다소 회의적이었다.

잔뜩 기대하고 있었는데 실망이 컸다.

협력을 추진한다면 컴팩트 카세트테이프가 얼마나 필리스에 도움이 될까?

릴테이프 기술은 이미 세상에 나와 있다. 구태여 스카이 포레스트와 협력을 할 필요가 없다는 뜻이다.

단독으로 필리스가 추진할 수 있는데, 스카이 포레스트를 끌어들일 필요가 없다.

"이 자체만으로는 파괴력이 부족하지요. 실비아 비서실장님, 올려 주세요."

"네."

실바이 디온이 탁자 위에 라디오를 올려놓았다.

지엘사에서 만든 A-501 라디오였다.

차준후의 조언을 받아서 제품의 견고함과 디테일을 보다 신경 쓴 제품이었다. 나노 징크옥사이드가 들어간 배터리가 들어갔기에 기존보다 자주 교체할 필요성도 없었다.

"라디오 아닙니까?"

"여기 라디오에 컴팩트 카세트테이프가 들어가면 어떻겠습니까?"

"레코드보다 편하게 음악을 들을 수 있겠군요."

"전 컴팩트 카세트테이프가 들어가는 라디오의 휴대성을 극대화할 겁니다. 전 이 제품에 카세트 플레이어라는 이름을 붙였습니다. 주머니나 가방에 쏙 들어갈 정도로 카세트 플레이어를 작게 만들어서 어디서나 편하게 들고 다니고, 누구나 원할 때 음악을 들을 수 있게 하려고 합니다."

차준후가 속내를 밝혔다.

"그게 가능합니까?"

파운 필리스의 눈동자가 마구 흔들렸다.

유럽에서 나름 잘나가고 있는 필리스도 라디오를 그처럼 작게 만들 수 없었다.

놀라운 기술력을 스카이 포레스트는 가지고 있는 것인가?

카세트 플레이어라는 이름이 뇌리에서 맴돌았다. 마치 각인이라도 된 것처럼 떠나지 않았다.

"스피커를 떼어 내면 가능하지 않겠습니까?"

차준후가 해답을 제시했다.

"말도 안 되는 소리! 스피커가 없으면 어떻게 음악을 듣습니까?"

"음성이 나오는 단자를 만들어서 헤드폰으로 듣거나 스피커를 별도로 연결하면 됩니다. 전 카세트 플레이어를 작게 만들어서 길거리를 걸어가면서도 헤드폰으로 음악을 듣고 싶습니다."

차준후는 차 안에서 원하는 노래를 마음껏 듣고 싶어서

카세트테이프를 만들려고 했지만 이내 사업 규모를 더욱 키우기로 작정했다.

카세트 플레이어의 파급력을 누구보다 잘 아는 사람이 바로 차준후였다. 이대로 가만히 내버려두면 카세트 플레이어의 성공을 쏘니를 비롯한 일본 기업이 독식한다는 걸 잘 알았다.

그걸 가만히 지켜볼 수는 없는 노릇이지.

그리고 이건 단순히 전자 제품의 대성공이 아니라 문화를 만들어 낸다. 쏘니는 하나의 세계적인 트렌드를 만들어 냈고, 일본의 우수성과 문화를 세계에 알렸다.

이는 단순히 돈으로 따질 수 없는 엄청난 가치를 지녔다.

"손에 들고 다닐 정도로 작게 만들면 그 자체만으로 엄청난 이점입니다. 제대로 된 음악을 들으려면 전축이 있어야만 하니까요."

파운 필리스는 카세트 플레이어의 혁신성을 알아봤다.

취미가 클래식 음악 감상이다. 힘든 회사 업무를 마치고 퇴근하자마자 듣고 싶을 때도 많았지만 전축이 없어서 듣지 못한다.

그러나 카세트 플레이어가 있다면?

비싸더라도 당장 구매하고 싶었다.

"맞습니다. 스피커가 없다는 단점은 카세트 플레이어에 어떤 문제도 되지 않습니다."

"음! 이건 단순하게 생각할 게 아니군요. 세계적인 유행이 될 수도 있겠습니다."

파운 필리스는 컴팩트 카세트테이프와 카세트 플레이어가 합쳐질 때의 파급력을 계산하느라 바빴다. 분주하게 머리를 굴려 봤는데, 그 파급력이 엄청나서 제대로 계산이 되지 않았다.

그저 엄청나고 거대하다는 것만을 직감할 수 있었다.

"카세트 플레이어는 하나의 패션 아이템이 될 겁니다."

차준후는 카세트 플레이어가 패션을 선도하는 제품이 된다고 확신했다.

다양한 패션 아이템의 유행은 자연스럽게 의류와 화장품으로 이어진다. 사용자의 취향을 저격하는 카세트 플레이어가 시장에서 큰 반향을 일으키면 화장품의 매출도 늘어나기 마련이다.

앞으로 만들어질 카세트 플레이어의 성공은 문화적으로 세계에 커다란 충격을 안겨다 줄 것이 분명했고, 차준후는 사람들의 관심을 화장품으로 슬그머니 끌어들이는 마케팅을 벌일 작정이었다.

파운 필리스가 결단을 내렸다.

"스카이 포레스트와 합작을 하겠습니다."

"합작을 하기 전에 요구 조건이 있습니다."

"무엇입니까? 말씀만 하십시오."

"컴팩트 카세트테이프는 다른 경쟁 기업들과 표준화 경쟁을 펼쳐야만 합니다."

"필리스는 이겨 낼 자신이 있습니다."

"전 압도적으로, 그리고 빠른 시간에 이겨 낼 수 있는 방법을 알고 있습니다."

차준후는 빠르게 이번 사업을 진행시키고 싶었다.

"무엇입니까?"

"필리스에서 컴팩트 카세트테이프의 특허료를 포기하는 겁니다."

"뭐라고요?"

파운 필리스가 화들짝 놀랐다.

얼마나 놀랐는지 의자에서 엉덩이가 털썩 떨어지고 말았다.

표준화 경쟁을 펼치는 이유가 무엇인가?

여러 이유가 있겠지만 특허료를 받을 수 있다는 점을 결코 무시하지 못한다. 전 세계의 표준이 되면 기업들에 기술을 제공하면서 막대한 특허료를 벌어들이게 된다.

그런 특허료를 포기한다는 건 너무나도 아쉬운 일이었다. 이건 너무나도 커다란 사안이라서 파운 필리스가 단독으로 결정을 내릴 수 있는 사안이 아니었다.

"특허료를 포기하라는 건 너무 무리한 요구입니다."

조용히 듣고 있던 필리스의 임원이 불쾌한 표정을 지었

다. 그뿐만이 아니라 회의실에 있는 다른 필리스 직원들도 마찬가지였다.

"표준화 규격 경쟁에서 승리하는 것이 우선입니다. 컴팩스 카세트테이프 제작 기술을 다른 기업들에게 무료로 제공해야 빠른 승리를 할 수 있습니다."

차준후가 의견을 굽히지 않았다.

기술을 공유하지 않는다면 다른 경쟁 업체들은 특허료를 내지 않기 위해 독자적인 기술을 계속해서 연구하며 카세트 시장의 규격이 표준화되지 않을 수 있었다.

그래서 원 역사에서 이를 우려한 필리스가 컴팩트 카세트테이프의 특허를 시장에 무료로 풀어 버렸던 것이었다.

그러나 원 역사와 달리 스카이 포레스트와 함께하면서 더욱 막대한 특허료를 벌어들일 수 있을지도 모르는 상황이 되었기에 필리스 사람들은 무척이나 안타까운 표정이었다.

"특허료를 저렴하게 내릴 수는 있어도 무료 제공은 어렵습니다."

"맞습니다."

파운 필리스가 고심하고 있는 가운데 필리스 직원들은 여전히 부정적이었다. 솔직히 그 역시 특허료를 포기하고 싶지는 않았다.

"필리스가 특허료를 포기하지 않는다면 저는 서독의

구란디히나 영국의 빅터 레코드를 찾아갈 겁니다."

차준후가 필리스와 경쟁하고 있는 회사들을 거론했다.

이는 단순한 위협이 아니다.

릴테이프를 만들 수 있는 기업은 많았다. 역사가 바뀌는 걸 좋아하지 않기에 먼저 필리스에게 협력의 손길을 내민 것뿐이었다.

그게 아니라면 미국의 전자 업체들과의 협력도 충분히 가능했다.

표준화 경쟁에서 패배하면 그건 필리스만의 문제가 되지 않는다. 카세트 플레이어를 만드는 스카이 포레스트도 막대한 손해를 입게 된다.

승리할 수도 있는 길이 훤히 보이는데, 차준후는 패배할 수도 있는 표준화 경쟁을 하고 싶지 않았다.

"……긍정적으로 생각할 테니 시간을 주십시오. 이사회를 열어서 특허료를 포기하겠다는 결정을 내리겠습니다."

파운 필리스는 이번 협력 사업을 놓치고 싶지 않았다.

그도 그럴 것이 혁신의 아이콘인 차준후가 새로운 문화를 만들어 내려고 하는 사업을 함께하고 싶었으니까.

그리고 표준화 경쟁에서 승리하면 특허료를 내려놓는다고 해도 많은 돈을 만질 수 있다는 확신이 있었다.

표준화 기술을 가진 원조 기업은 알게 모르게 많은 이득을 챙기는 게 가능했다.

여기에서 특허료를 욕심내면서 차준후를 떠나보내는 건 어리석은 일이었다.

"부사장님."

"재고해 주십시오."

필리스의 임원들이 벌떡 일어났다.

"특허료에만 매몰되지 말고 큰 그림을 생각해 보세요. 무상으로 기술을 제공한 다른 기업들을 떠올리면 명료해질 겁니다."

파운 필리스의 말에 임원들이 곧바로 입을 다물었다.

임원이 될 정도면 모두 명석하고 똑똑한 사람들이었다. 방금 전까지는 욕심이 앞서서 간과하고 있었지만 세계 표준 원천 기술을 가졌다는 건 그 자체만으로 엄청난 이득이었다.

"저희들이 어리석었습니다."

"표준화 경쟁에서 이기는 게 먼저라는 차준후 대표의 말이 옳습니다."

"저변을 넓히는 전략을 펼쳐서 세상에 없던 새로운 생태계를 구축하는 겁니다."

"차준후 대표는 필리스가 경쟁 업체에 승리할 수 있는 필승의 전략을 알려 줬습니다."

신기술, 신시장을 필리스의 손으로 만들어 낼 수 있는 기회였다.

특허료를 내려놓는다고 해도 가장 먼저 시장에 진입해서 가격 경쟁력과 시장 점유율을 차지할 수 있었다. 시장 지배적인 표준화 기술을 더욱 발전시키고, 저렴한 가격에 컴팩트 카세트테이프를 공급하면 엄청난 이득을 누리는 게 가능했다.

무료로 푼 특허는 적극적인 보급을 가능하게 만들어 준다. 이렇게 되면 다른 경쟁 업체들은 절대 필리스를 이겨내지 못하게 된다.

"차준후 대표님, 내일 긴급 이사회를 개최해서 대중화에 역점을 둔 제안의 승낙 문제를 곧바로 결정하겠습니다."

파운 필리스는 이번 사업에 필리스의 역량을 모두 집중하기로 결심했다.

이건 필리스에게 있어 절대적인 기회였다.

컴팩트 카세트테이프를 잘 이용하면 필리스는 세계적으로 우뚝 올라설 수 있다는 확신을 가졌다.

그는 왜 사람들이 차준후와 함께 사업을 하려는지 확실하게 느꼈다.

"필리스에서는 컴팩트 카세트테이프를 만들고, 카세트 플레이어도 만들 계획입니다."

파운 필리스의 머리에는 앞으로 회사가 나아갈 계획이 선명하게 그려졌다.

이 모든 게 바로 차준후 덕분이었다. 너무나도 고마웠다.

"아! 한발 늦었습니다. 세계 최초의 카세트 플레이어는 이미 세상에 나왔습니다."

"네? 무슨 소리입니까?"

"실비아 비서실장님, 보여 주시죠."

"알겠어요."

실비아 디온이 핸드백에서 작은 크기의 카세트 플레이어를 꺼냈다.

"헉! 이건……."

파운 필리스가 말을 제대로 잇지 못했다.

"저것이 카세트 플레이어?"

"차준후 대표가 말한 것이 저거라고?"

회의실이 시끄러워졌다.

은빛으로 빛나는 손바닥보다 조금 큰 크기의 카세트 플레이어는 무척이나 세련된 디자인을 보여 주고 있었다. 지금껏 차준후가 이야기한 카세트 플레이어의 실증 모델이 바로 눈앞에 떡하니 등장했다.

이걸 만들어 내기 위해 신판정을 비롯한 기술자들이 적잖은 고생을 벌였다.

"만져 봐도 됩니까?"

침을 꿀꺽 삼킨 파운 필리스가 물었다.

제발 만지게 해 달라는 눈빛이었다. 만약 만져 보지 못하면 커다란 사고를 치고도 남을 정도로 강렬했다.

"만져 보세요. 단순히 보여 주기 위해 가지고 온 게 아닙니다."

"정말 감사합니다."

"정말 디자인이 잘 빠졌군요. 시장에서 커다란 반향을 일으킬 게 분명합니다."

"지금 보고 계신 모델은 고급형입니다. 이외에도 다양한 모델을 만들고 있습니다. 사용자의 취향과 용도에 맞는 여러 제품들이 있어야만 하니까요."

"정말 대단한 제품입니다."

보면 볼수록 빠져드는 고급형 카세트 플레이어였다.

"아! 카세트 플레이어에 대한 특허는 스카이 포레스트가 가지고 있습니다."

차준후가 웃으며 이야기했다.

카세트 플레이어를 떠올리고 나서 가장 먼저 한 것이 바로 특허 출원이었다. 차준후가 만들어 낸 설계도와 개념을 바탕으로 스카이 포레스트의 기술자와 엔지니어, 신판정 기술고문 등이 함께 모여서 카세트 플레이어 특허를 기술적으로 완성시켰다.

쏘니가 만들어 낸 휴대용 트랜지스터 라디오를 십여 년 앞서나간 혁신적인 카세트 플레이어였다.

"카세트 플레이어 특허라고요? 그 특허는 무상으로 보급되는 겁니까?"

파운 필리스의 음성이 떨렸다.

"무상이요? 그럴 리가 없지요. 이건 표준화 경쟁을 벌이는 게 아니니까요. 스카이 포레스트의 카세트 플레이어 특허를 이용하려면 당연히 비용을 지불해야지요."

차준후가 만들어 낸 카세트 플레이어 특허에는 여러 가지 기능들이 녹아들어 있었다. 이 기능들을 만들어 내기 위해 기술자들이 많은 고생을 해야만 했다.

이걸 공짜로 푼다는 건 있을 수가 없는 일이다.

많은 전자 업체들에게 제대로 된 기술료를 톡톡히 받아낼 작정이었다.

"……스카이 포레스트는 특허료를 받는군요."

파운 필리스는 조금 억울하기도 했지만 당연하다는 생각도 들었다.

스카이 뮤직

스카이 포레스트의 카세트 플레이어는 보자마자 인정할 정도로 대단히 아름다우면서 가지고 싶은 물건이었다.

태어날 때부터 대단한 부를 움켜쥔 파운 필리스이지만 물건을 함부로 구매하지 않는다. 저렴한 물건이라고 해도 꼼꼼하게 따져가면서 구매한다.

그런 성격의 그가 카세트 플레이어는 가격을 따지지 않고 구매하려고 했다.

"특허료를 받아야만 하는 기술들이 많습니다. 일례로 오토리버스가 있네요."

"오토리버스요? 자동으로 되돌려 준다는 뜻인데, 어떤 기능입니까?"

"카세트테이프는 재생이 끝나면 노래가 끊기지요."

"그렇지요."

"오토리버스 기능을 넣으면 자동으로 연결을 시켜 줍니다. 노래를 끊김이 없이 계속 감상할 수 있는 것이죠."

차준후는 제품을 만들 때 많은 신경을 기울였다. 사소한 차이가 명품을 만드니까.

오토리버스와 같은 스카이 포레스트의 카세트 플레이어 특허를 우회해서 제대로 된 제품을 만들어 내는 건 불가능했다.

오토리버스 기능이 빠진 저렴하고 투박한 제품을 만들 수는 있다. 돈이 없으면 구매할 수도 있다.

그런데 명품을 좋아한다면?

아니면 가격 차이가 없이 오토리버스가 들어간 제품이라면?

소비자들의 입장에서는 오토리버스와 같은 기능이 들어간 제품을 구매하는 것이 당연했다.

카세트 플레이어에 대한 많은 특허를 선점한 스카이 포레스트였다. 스카이 포레스트와 특허 협력을 하지 않는다면 시장에서 좋은 결과를 내지 못한다.

"협력할 부분이 많네요. 앞으로 잘 부탁드립니다."

파운 필리스는 차준후의 무서움을 깨달았다.

크윽!

속으로 눈물이 났다.

특허 사용 대가로 얼마를 내야 할지 가늠조차 되지 않았다. 대유행을 할 카세트 플레이어 특허료가 엄청날 것이 분명했다.

카세트 플레이어와 같은 제작 원천 기술은 그야말로 보물이나 마찬가지였다.

그런데 특허료보다 더욱 무서운 게 있었다.

만약 차준후에게 밉보이거나 협력이 무산되면 필리스의 카세트 플레이어 시장 진출에 먹구름이 잔뜩 끼게 된다. 그냥 돌려보내지 않은 것이 아주 잘한 결정이었다.

"필리스의 세계적안 기술력은 잘 알고 있지요."

"기술력 하나만큼은 세계적이라고 자신하고 있습니다."

"그래서 찾아왔지요."

"실망시켜 드리지 않겠습니다."

필리스는 아주 빠르게 움직였다.

필리스 이사회에서는 곧바로 컴팩트 카세트테이프 생산 기술 특허를 무료로 배급할 것을 결정했다. 컴팩트 카세트테이프가 빠르게 세상에 모습을 드러냈다.

카세트 플레이어를 제작하는 법도 딱히 어렵지 않았다.

필리스와 스카이 포레스트가 합작으로 세계 최초의 컴팩트 카세트테이프와 카세트 플레이어 제작에 대한 논의가 본격적으로 이뤄졌다.

"카세트 플레이어를 처음으로 만들 수 있는 영광을 주

실 수 있습니까?"

파운 필리스는 회사에서 카세트 플레이어를 제작할 작정이었다.

"세계 최초의 카세트 플레이어는 스카이 포레스트의 몫입니다. 이 부분에 대해서는 양보할 수 없습니다."

차준후가 분명하게 밝혔다.

욕심낼 것 내야지. 이건 너무 많이 나간 거다.

카세트 플레이어가 만들어 내는 업적과 명성은 스카이 포레스트의 차지여야만 했다. 이는 스카이 포레스트가 단순한 화장품 회사가 아니라 문화를 선도하는 명품 기업으로 발돋움할 수 있는 기회였다.

필리스가 쏘니에게 밀려 카세트 플레이어에서 제대로 된 성과를 내지 못했던 것처럼 이번에도 마찬가지였다. 원 역사보다 많은 걸 누릴 수는 있겠지만 결코 스카이 포레스트를 넘어서지는 못한다.

차준후가 그렇게 만들 거니까.

"제가 너무 앞서나갔군요. 스카이 포레스트에 전자 업체가 없어서 물어봤던 겁니다. 필리스는 스카이 포레스트 다음이면 충분합니다."

파운 필리스가 웃으며 이야기했다.

비록 가장 높은 위치를 차지하지는 못하겠지만 세계 2위면 충분하다고 느꼈다. 압도적으로 혁신적인 스카이 포레스트는 따라갈 수 없어도 다른 기업들과의 경쟁에서는 이겨 내면 만족할 수 있었다.

* * *

미국 뉴욕의 가전제품 박람회는 미국에 본사를 둔 업체들의 가전제품들을 알리는 행사다.

그러나 언제부터인가 그 원칙이 제대로 지켜지지 않았다. 미국에서 제품을 판매하는 기업이라면 어디든 가전제품 박람회에 참가를 신청할 수 있었다.

"쳇! 볼 게 없네."

"가전제품 박람회는 베를린이 최고잖아요."

목에 카메라를 걸고 있는 두 명의 기자가 박람회장을 돌아다니면서 이야기를 주고받았다. 매부리코의 중년 기자 표정은 무척이나 불만스러웠고, 그 옆의 금발 여인이 함께하고 있었다.

"누가 그걸 모르나. 그렇지만 우리는 여기 별 볼 일 없는 뉴욕에서 기사를 뽑아내야 한다고."

그들은 뉴욕타임즈의 기자들이었다.

독일 베를린에서 열리는 세계적인 규모의 전자제품 박람회가 이 당시만 해도 최고였다. 서독 정부의 막대한 보조금이 지원되는 베를린 국제 가전 박람회는 역사와 전통이 있는 행사였다.

그에 반해 뉴욕의 가전제품 박람회는 정부 지원은 일절 없고, 가전제품 기업들이 돈을 모아서 박람회를 진행하였다. 당연히 차원이 다를 수밖에 없었다.

"그래도 너무 실망하지 마세요. 제가 박람회에 참석하는 기업들을 살펴봤더니 기대할 구석이 보이더라고요."

"괜히 기대했다가 땅 파고 깊숙하게 지하로 들어가야 할 수도 있어."

"호호호! 물론 그럴 수도 있죠. 그러나 저는 기대할래요."

"선배의 조언을 제대로 듣지도 않는군."

"제 말을 들으면 선배도 눈이 번쩍 뜨일 수도 있어요."

"흥! 내가 기대하게 되는 상황이 벌어지면 앞으로 네 후배다."

선배 기자인 프랑크는 뉴욕 가전제품 박람회에 대한 기대를 눈곱만치도 하지 않았다.

그도 그럴 것이 미국의 가전기업들은 혁신적이거나 기대할 만한 제품들을 국제적으로 명성이 드높은 베를린 가전 박람회에서 최초로 발표하기 때문이었다.

전 세계의 기자들과 십만 명이 넘는 엄청난 바이어들이 몰리는 베를린 가전 박람회는 혁신성이 높은 신제품을 발표하고, 계약을 맺는 데에 있어 최고였다.

제대로 된 제품을 베를린 가전 박람회에서 선보이면 엄

청난 계약을 터트릴 수도 있었다.

"정말이죠?"

"물론이다. 내가 언제 헛소리하는 것 봤어?"

"너무 많이 봤어요."

"이번에는 진짜야. 만약에 내가 헛소리한 거라면 네 후배가 아니라 아들이다."

"알았어요. 그럼 이번에 스카이 포레스트 전시실로 가 봐요."

"스카이 포레스트? 그런 가전업체도 있어? 내가 알기로 그 업체는 화장품을 주력으로 하는 곳인데?"

프랑크가 어리둥절한 표정을 지었다.

기업의 이름이 유사할 수도 있기도 했지만 자신감이 넘치는 후배 기자 시안의 표정을 볼 때 자신이 아는 그 기업이 맞는 모양이었다.

"그 스카이 포레스트에서 라디오를 출품했다고 하더라고요."

"뭐? 그런 소식을 왜 이제야 말하는 거야? 알았으면 진작 알려 줬어야지."

"저도 오기 직전에 알았어요."

시안은 스카이 포레스트의 라디오를 보고 싶었다.

항상 놀라움을 안겨 주는 스카이 포레스트는 기자들에게 있어 아주 고마운 기업이었다.

이번에 출품하는 라디오는 어떤 즐거움을 안겨다 줄까?

사실 스카이 포레스트의 스카이 뮤직은 보급형부터 고급형까지 여러 가지 모델들이 있었다. 고급형에는 라디오 기능과 스피커가 없는 제품도 있었고, 라디오에 해당하는 제품이라고 보기에 문제가 있었다.

그러나 세계 최초의 카세트 플레이어를 단독으로 어디에 배치할 수도 없는 노릇이었다.

그리고 이번에는 차준후가 카세트 플레이어에 대한 마케팅을 본격적으로 시작을 하지 않았다. 가전제품 박람회를 시작으로 충격적인 마케팅을 단계적으로 벌여 나갈 작정이었다.

시간이 다소 필요하다는 판단이었다. 세상에 없던 카세트 플레이어를 소비자들에게 알리기 위해서는 대대적으로 광고보다 단계적인 것이 유리하다고 여겼다.

게다가 미국과 유럽 등에서 카세트 플레이어의 부품을 수급하고 있었는데, 다소 어려움을 겪었다. 원 역사보다 십여 년을 앞서고 있었기에 작고 정밀한 차준후의 요구를 제대로 수용해 내지 못했다.

보급형 제품들은 큰 문제가 없었지만, 고급형 모델에 들어가는 부품 수급률이 좋지 않았다. 또한 불량률도 높았다.

그럼에도 불구하고 차준후는 최고급 제품을 만들어야

한다면서 밀어붙였다. 그로 인해 최고급 제품들의 생산량이 많지 않았다.

박람회까지 공을 들였지만 최고급 제품은 3,000대밖에 만들지 못했다.

"가 보자. 기대된다."

"기대된다고요? 방금 전에 뭐라고 했는지는 아세요?"

"엄마! 가 봐요!"

프랑크가 기꺼이 시안을 엄마로 불렀다.

때에 따라 수시로 바뀔 수 있는 유연하고 비굴한 남자! 그게 바로 프랑크였다.

"끔찍하네요. 선배 같은 아들을 두고 싶지 않으니까 호칭은 원래대로 하세요."

시안이 몸을 부르르 떨었다.

결혼해서 프랑크와 같은 아들을 낳을지 벌써부터 걱정됐다. 회사에서도 말 안 듣기로 유명한 프랑크였고, 위험한 취재 현장에 잠입해서 여러 특종을 터트리기도 했다. 기자로서는 만점일지 몰라도 부모 속을 잔뜩 썩이게 만들기에 아들로서는 빵점이다.

"엄마! 스카이 포레스트 전시실이 어디에요?"

"닥쳐! 너 같은 아들 없으니까 한 번만 더 엄마라고 부르면 엉덩이 작살날 줄 알아."

시안이 뾰족하게 외쳤다.

엄마 성격이 다혈질이었다.

더 이상 장난을 쳤다가는 중년이 되어서 엄마에게 궁둥이를 맞을지도 몰랐다. 젊은 후배 기자에게 맞고 싶다는 생각이 살짝 들기도 했지만 있어서는 안 될 일이었다.

"알았어. 조용히 따라갈 테니까 앞장서."

"그래야 착한 아이지. 가자."

시안이 프랑크를 데리고 나아갔다.

스카이 포레스트 전시실은 입구에서부터 가장 멀리 떨어진 곳에 위치하고 있었다. 사람들이 많이 몰리는 좋은 장소는 이미 미국의 유명한 업체들이 차지한 상태였다.

늦게 참가 신청을 한 데다가 전자제품을 처음으로 만든 스카이 포레스트의 전시실이 가장 외곽에 위치하는 건 어떻게 보면 당연했다.

가전제품 박람회가 시작되는 첫날의 개장 시간인 지금 스카이 포레스트 전시실엔 사람들이 단 한 명도 없었다.

"눈을 씻고 봐도 사람이 없어."

"첫날인 데다가 박람회에 스카이 포레스트가 참가했는지 모르는 사람도 많을 거예요."

미국 가전제품 박람회 장소는 엄청나게 컸다. 너무 넓어서 하루에 다 구경하기 힘들다는 농담이 떠돌 정도였다.

명성은 베를린 박람회에 비해서 부족하지만 박람회를

치르는 땅덩어리는 미국이 더욱 넓었다.

박람회는 여러 가전제품으로 분류하고 있었고, 그 가운데 라디오도 별도의 제품으로 따로 구분된 상태였다.

"라디오는 찬밥이네."

"라디오에서 새로운 혁신을 기대하기란 어렵잖아요."

"업체마다 디자인만 조금씩 다르고 큰 차이는 없지."

라디오는 어느 업체이든 그 차별성을 만들기가 어려운 제품이었다. 라디오는 만들기도 어렵지 않아서 마음만 먹으면 뚝딱 제작이 가능했다.

그래서 손재주가 있는 기술자들은 부품을 구입해서 직접 라디오를 제작하였다.

미국 가전제품 박람회에서 가장 큰 관심을 받고 있는 제품은 역시 텔레비전이었다. 사람들의 관심은 텔레비전에 집중되어 있었고, 그쪽에 관람객과 바이어, 기자들이 몰려 있는 상태였다.

"올해의 주인공은 텔레비전이지."

"텔레비전에 가전업체들이 힘을 주고 있기는 하죠. 요즘 미국에서 팔리는 텔레비전들 가운데에는 일본 제품들이 많아요."

"일본의 대공습이지. 전쟁에 패배한 일본이 경제 대공습을 펼치고 있는 거야."

프랑크가 미간을 찌푸렸다.

전쟁은 끝났지만 기업들이 치열한 경제 전쟁을 펼치고 있었다. 그리고 경제 전쟁에서 패배하면 기업들은 폐업을 해야만 했다.

 안타깝게도 미국의 전자업체 기업들은 일본 기업들에게 점점 밀리고 있었다. 일본의 가전제품들은 성능이 좋고 가격이 저렴해서 미국에서 잘 팔렸다.

 미국 기업들이 일본에게 시장 점유율을 빼앗기지 않기 위해 많은 기술 개발 자금을 투입하고 있었지만 역부족이었다.

 프랑크의 집에도 미국 업체의 텔레비전이 아니라 일본산 텔레비전이 놓여 있었다. 애국 구매가 아니라 현명한 소비를 하는 프랑크였다.

 뉴욕에서 집을 사고 멋진 승용차를 끌면서 풍족하게 살기 위해서는 한 푼이라도 아껴야만 했다.

 "와, 그런데 스카이 포레스트 전시실은 다른 곳이랑 때깔부터 다르네요."

 스카이 포레스트 전시실은 외관에서부터 다른 전시실과 비교가 됐다. 다른 전시실은 대부분 천막으로 구성되어 있었지만 스카이 포레스트는 마치 건물처럼 꾸며져 있었다. 대리석을 사용해서 전시실을 꾸민 것이다.

 "그러게. 신경을 많이 썼네. 전시실 외관을 대리석으로 둘렀어."

스카이 포레스트 전시실은 멋진 조명으로 다른 전시실보다 눈길을 확 끌고 있었다. 조명을 받고 있는 대리석이 보는 각도에 따라 아름다운 빛을 난반사하고 있었다.

"건축 박람회에 왔다고 해도 믿겠어요."

"빨리 들어가 보자. 어떤 라디오인지 궁금해서 죽을 것 같다."

"그래요."

전시실 내부의 넓은 공간은 현대적인 백화점 명품 매장처럼 산뜻하면서도 세련된 모습으로 꾸며져 있었다.

"어서 오십시오."

양복을 입은 동양인이 기자들을 맞이했다.

"어라? 혹시 차준후 대표신가요?"

시안이 눈을 동그랗게 치켜떴다.

스카이 포레스트의 전시실이라고는 하나, 대표인 차준후가 직접 이곳에 와 있을 리는 없을 텐데 아무리 봐도 차준후처럼 보였다.

서양인들은 동양인을 알아보기 힘들어하고는 한다. 이는 동양인들이 비슷한 서양인들을 분간하기 힘들어하는 것과 똑같다.

"맞습니다. 스카이 포레스트의 야심작인 카세트 플레이어를 선보이기 위해 나왔습니다."

박람회에 직접 제품을 들고 마케팅을 하기 위해 나온

차준후였다.

스카이 포레스트에서 최고의 마케팅 전문가는 바로 차준후다. 그는 카세트 플레이어의 마케팅을 위해 기꺼이 현장에 직접 나타났다.

애플망고의 스티블 잡스도 신제품 발표를 위해 직접 나서지 않았던가. 차준후는 스티블 잡스를 벤치마킹했다.

"카세트 플레이어요? 설명을 부탁드려요."

"여러 설명보다 직접 보는 편이 좋겠네요."

좌대 위에서 형형색색의 여러 카세트 플레이어들이 조명을 받고 있었다. 말로 설명을 듣는 것보다 직접 보고 듣는 편이 충격적이니까.

툭!

차준후가 가까이에 있는 카세트 플레이어의 플레이 버튼을 눌렀다.

디링! 디리링! 디리리링! 디리리리링!

카세트 플레이어에서 감미로운 음악 소리가 흘러나왔다.

투명한 플라스틱 창을 통해 카세트테이프가 돌아가는 모습이 보였다.

[사랑하는 그대와 함께~]

그레이스 켈리의 목소리가 카세트 플레이어와 연결된 외부 스피커를 통해 생생하게 흘러나왔다. 녹음 부스에서 그레이스 켈리가 직접 부른 노래였다.

차준후가 부탁했고, 그레이스 켈리가 기꺼운 마음으로 받아들인 카세트테이프였다. 필리스 카세트테이프에는 그레이스 켈리의 노래가 상업적으로는 최초로 담기게 됐다.

카세트 플레이어를 차량용으로 만들어서 벌써 사용하고 있는 차준후였다. 다른 사람을 위해서가 아니라 스스로 필요해서 카세트 플레이어를 만들었고, 좋은 건 다른 사람보다 먼저 사용하는 게 옳았다.

"지금 이거 라디오 방송국을 통해 나오는 건가요?"

"차준후 대표가 버튼을 누르자 음악이 나왔잖아. 이건 라디오 방송이 아니야."

"카세트 플레이어라고 했어요. 라디오 안에 있는 게 바로 카세트인가 봐요."

"LP가 아니라 새로운 저장매체가 등장했다. 이건 릴테이프를 소형화해서 음성을 집어넣은 거라고. 이건 대단한 혁신이다."

"제가 원하는 게 바로 이런 제품이었다고요."

엄청난 충격을 받은 시안과 프랑크가 요란하게 떠들었다.

놀란 기자들이 난리법석을 떠는 모습이 참으로 보기 좋았다. 그만큼 카세트 플레이어가 대단하다는 걸 보여 주는 모습이었으니까.

"대표님, 제품 이름이 카세트 플레이어인가요?"

차준후를 바라보는 시안은 잔뜩 흥분했다.

혹시나 하고 와 봤다. 오지 않았으면 두고두고 땅을 치고 후회할 뻔했다.

혁신의 아이콘이라 불리는 차준후는 세상을 다시 들썩거리게 만들 물건을 선보였다.

"아니요. 그건 제품 분류이고요. 저는 이 카세트 플레이어에 스카이 뮤직이라는 이름을 붙였습니다."

차준후는 이번 카세트 플레이어에서 일본의 쏘니 이미지를 완전히 지워 버렸다. 카세트테이프 플레이어의 대명사는 워크우먼이었고, 이는 상표이자 고유명사로 등극한다.

워크우먼은 일본의 문화유산으로 세계에서 널리 쓰이는 일반명사가 된 것이다. 그러나 이제 이 일반명사는 사라졌다.

어떤 이름을 붙여도 그 파급력은 워크우먼보다 더 높을 것이 분명했다. 훨씬 진보된 스카이 뮤직 카세트 플레이어이니까.

"아름다워요."

"환상적인 제품이네요."

두 기자의 시선이 카세트 플레이어에서 떨어지지 않았다. 엄청난 정신적 충격을 받은 듯한 모습이었다.

그런데 아직 쇼는 끝나지 않았다.

차준후가 이번 카세트 플레이어의 가장 핵심적인 모습을 보여 주기 위해서 움직였다.

"스카이 뮤직은 언제 어디서나 음악을 들을 수 있는 제품입니다. 이렇게요. 휴대성이 뛰어난 기기입니다."

스카이 뮤직을 손으로 들어 올리는 차준후이다.

한 손에 쏙 들어오는 스카이 뮤직에서 스피커와 연결된 잭을 빼냈다. 그러면서 목에 차고 있는 헤드폰을 스카이 뮤직과 연결시켰다.

영국의 헤드폰을 아주 잘 만드는 기업 제품이다. 이 시대에 구할 수 있는 최고급 헤드폰이라고 봐도 무방했다.

"목에 있던 것이 헤드폰이었네요? 와! 나는 패션아이템인 줄 알았어요."

"너무 자연스러운 모습이었어."

차준후가 스카이 뮤직을 상의 주머니에 쏙 집어넣었다.

스카이 뮤직을 수용할 수 있게 특별 제작된 양복이었다. 그렇기에 양복이 겉으로 볼록 튀어나오지 않고 자연스러운 모습을 보여 줬다.

마치 주머니에 아무것도 들어 있지 않은 것처럼 보였

다. 그렇지만 주머니에서 가늘고 긴 줄이 헤드폰에 이어져 있었다.

'애플망고의 무선 이어폰이 생각나네.'

차준후는 21세기의 베스트셀러 상품을 떠올렸다.

콩나물처럼 못생긴 무선 이어폰을 지금 착용하고 있었다면 정말 충격적일 텐데…….

아쉽게도 무선 이어폰을 만들기 위해서는 많은 기술 발전이 필요했다. 무선 이어폰을 만들 수는 있기는 하지만 덩치가 성인 주먹만큼 커질 수 있다는 단점이 따라왔다.

차준후가 주머니에 넣었던 스카이 뮤직을 다시금 꺼냈다.

스카이 뮤직을 뚫어져라 바라보는 기자들의 시선들이 따라붙었다.

"디자인이 매우 날렵하고 혁신적이네요."

여기자의 감탄에 차준후가 흐뭇하게 웃었다.

이 디자인의 뼈대를 세운 것은 바로 그였고, 전영식이 살을 붙였다. 두 명이 함께한 결과물이 주목을 받고 있는 것이다.

은빛의 세련된 스카이 뮤직은 보는 자체만으로 사람들의 눈길을 잡아끄는 매력이 넘쳤다.

"기능은 더욱 놀랍습니다."

"어떤 기능이 있나요?"

"지금 보는 이 모델의 가장 큰 특징 중 하나는 바로 듀얼 헤드폰 잭입니다."

"듀얼 헤드폰 잭이요?"

"두 사람이 동시에 음악을 들을 수 있는 기능이죠. 사이가 좋아 보이는데, 함께 들어 보실래요?"

"함께 들어 보겠습니다. 저희는 사이가 아주 좋은 모자지간입니다."

프랑크가 농담을 건넸다.

"하하하! 재미있는 관계이군요."

차준후가 웃으면서 두 개의 헤드폰을 건넸다.

나이가 많은 프랑크가 시안을 엄마라고 부르는 것 가체부터가 재미있어 보였다. 한눈에 봐도 어울리지 않은 모습이었지만 서양인들의 유쾌한 모습이었다.

"이렇게 노래를 함께 듣다니 정말 독특하네요. 사랑하는 연인이나 가족과 들으면 좋겠어요."

"엄마! 제가 옆에 있잖아요."

"엄마가 음악에 집중할 수 있게 입을 다물어 줘. 그래야 착한 아들이지."

"지금까지는 집이나 공공장소에서 스피커를 통해 음악을 들어야 했는데, 이제는 개인적으로 들을 수 있게 됐네."

프랑크는 스카이 뮤직이 음악 감상 방식의 변화를 일으

키는 혁신적 발명품이라는 걸 알아봤다.

"언제 출시되나요? 출시되자마자 살 거예요."

"이건 꼭 사야 하는 제품이라는 거에 공감한다."

기자들은 기꺼이 지갑을 열 준비가 되어 있었다.

대중문화와 음악 감상에 변화를 주는 스카이 뮤직을 빨리 접하고 싶었다.

"출시 일정은 가전제품 박람회가 끝나는 날입니다."

뉴욕 가전제품 박람회 일정은 일주일이었다.

박람회 기간이 끝나는 다음 주 금요일에 스카이 뮤직이 미국에 정식으로 판매될 예정이었다.

"음! 빨리 기사를 작성해서 보내야겠다. 차준후 대표님, 스카이 뮤직에 대한 기사는 아직 어디에도 나오지 않았죠?"

시안이 충격적인 모습에서 벗어나 기자 본연의 업무를 떠올렸다. 박람회에 온 건 쓸 만한 기사를 작성하기 위함이었다.

본래 뉴욕포스트 신문에 짤막하게 보도될 별 볼 일 없는 기사를 편집부에 올릴 예정이었다. 방금 전까지는 기사로 보도될지도 모르는 아주 평범한 내용이었다.

그러나 이제 상황이 완전히 바뀌었다.

특종!

이건 누가 뭐라고 해도 특종이었다.

기자에게 있어 가장 중요한 건 특종이었다. 단독으로 보도하는 특종 하나로 유명해질 수 있었다.

"카세트 플레이어 인터뷰는 기자님들이 최초입니다."

"꺄아아악! 특종 단독 인터뷰다."

"정신 차려, 시안! 단독이 아니라 너와 나의 특종이란다."

프랑크가 슬그머니 숟가락을 얹었다.

함께 왔는데, 왜 단독 인터뷰가 되는 거냐?

특종을 후배에게 고스란히 강탈당할 수는 없는 노릇이었다.

"선배는 여기 오려고 하지도 않았잖아요."

"엄마! 제발 부탁이에요. 저도 기사에 이름을 올리게 해 주세요."

"아들! 말 잘 들을 거야?"

"네, 엄마."

"한 달 동안 식사 제공?"

"야! 그건 너무하잖아. 박봉에 집을 구매하려고 돈을 모으고 있단 말이야."

"싫으면 그만둬."

"아니요, 엄마. 한 달은 너무 짧다는 거였어요. 이런 특종 보도면 두 달 동안 식사를 책임져야죠."

"역시 내 아들이야."

두 사람의 이름으로 작성된 스카이 뮤직에 대한 기사가

뉴욕포스트 편집부에 송고됐다.

* * *

스카이 포레스트의 전시실 옆에는 쏘니와 파라소니 등 일본의 기업들이 포진하고 있었다. 마치 스카이 포레스트를 일본 전제 업체 기업들이 포위하고 있는 모습이었다.

그 가운데 스카이 포레스트와 가장 가까이 위치한 곳은 바로 파라소니였다.

"고작 한국의 전자제품으로 우리 일본을 이길 수 있다는 거냐? 말도 안 되는 소리이지."

파라소니의 임원이 파리만 날리고 있는 스카이 포레스트 전시실을 보면서 비웃었다. 그에 반해 파라소니 전시실 앞에는 대기하고 있는 사람들이 있었다.

"바로 이거지."

그는 이겼다는 생각에 웃었다.

요즘 스카이 포레스트 때문에 머리가 아팠다.

그놈의 나노 징크옥사이드!

건전지와 배터리의 성능을 높이기 위해서 꼭 필요한 원재료를 스카이 포레스트가 공급하지 않고 있었다. 파라소니에서 웃돈을 얹어서 수입하겠다고 제안했지만 스카이 포레스트에서는 어떠한 소식도 날아오지 않았다.

"이번에 출시하는 스피커 성능을 높였고, 또 크기까지 줄여서 만든 역대 최고의 라디오다. 이런 놀라운 제품이 있는데, 화장품이나 만드는 회사의 전자제품을 누가 구경하러 가겠나."

일본은 전자제품을 일류로 만들어 내는 기업들이 많은 국가이다. 세계에서 잘나가는 제품들이 많았고, 일본인들은 품질이 좋으면서 가격적으로 우수한 제품들을 잘 만들어 냈다.

전 세계적으로 일본과 경쟁할 수 있는 국가들이 많지 않았다. 최빈국인 대한민국이 일본을 앞서나간다는 건 사실 웃기는 소리에 불과했다.

제대로 된 전자제품을 만들려면 많은 기술과 노력 등이 필요하다. 화장품이라면 모를까, 제대로 된 전자제품을 만들려면 대한민국은 아직 멀었다.

적어도 파라소니의 임원은 그는 그래야 정상이라고 여겼다.

"망할 거다."

그가 확신했다.

스카이 포레스트가 망해야 속이 시원할 것 같았다.

"대단한 라디오 제품이 나왔대. 빨리 가자."

"어디야?"

"저기라고. 저쪽!"

스카이 뮤직 〈233〉

사람들이 달려오는 모습이 보였다.

"후후후! 바로 여기입니다."

벌써 소문이 났다고 여긴 파라소니의 임원이 쇄도하는 사람들을 맞이하려고 했다.

파라소니에서는 이번 라디오를 알리기 위해 마케팅 비용을 상당히 쏟아부었다. 신문과 잡지 등 언론사들에 광고비를 주면서 광고를 하였고, 드라마에 PPL도 넣었다.

많은 노력을 기울였기에 첫날부터 많은 사람들로 전시실이 북적거리는 거였다.

"젠장! 뉴욕타임즈 놈들이 속보로 먼저 기사를 내놓았다고 편집장이 난리야."

"스카이 포레스트가 그런 제품을 만들어 냈을 줄 누가 알았나? 그냥 적당히 가서 취재하고 오라고 편집장이 말했었다고."

"그러게 말이다."

"지금이라도 늦지 않았어. 빨리 기사를 내보내자고."

"무조건 구매 계약을 체결해야 합니다."

"늦으면 구매할 수 없어요. 스카이 포레스트는 항상 수요에 비해서 공급이 부족하단 말입니다."

"떠들 시간이 있으면 뛰어. 선착순일 수 있어."

기자들과 바이어들이 스카이 포레스트 전시실을 향해 내달렸다. 그들은 파라소니를 비롯한 일본의 전시실을 지나쳤다.

파리만 날리던 스카이 포레스트 전시실에 사람들이 몰려들었다.

"음! 저쪽에 대단한 물건이 나왔나 본데?"

"카세트 플레이어라고 했어."

"무슨 물건인지 모르겠는데…… 저쪽으로 가 볼래?"

"그러자. 사람들이 몰리는 데는 다 이유가 있는 거니까."

파리소니에서 대기하고 있던 일부 사람들이 스카이 포레스트 전시실로 움직였다. 다른 일본 기업 전시실 앞에서도 사람들이 빠져나왔다. 그리고 이런 현상은 더욱 가속화됐다.

일본 기업들의 방문객이 급감했고, 스카이 포레스트는 대기줄이 계속 늘어났다.

"거기 새치기하지 마세요."

"입장하려면 시간이 걸립니다. 양해 부탁드립니다."

스카이 포레스트의 직원들이 나와서 움직였다.

그들은 이런 상황에 무척이나 익숙했다. 신제품을 출시했다 하면 벌어지는 일이었기 때문이었다. 차준후가 왔기에 사람들이 구름처럼 몰릴 거라고 직원들은 예상하고 있었다.

홍보와 광고 없이도 놀라운 상황을 만들어 내는 차준후였다.

"크윽! 대체 어떤 물건이냐? 내가 두 눈으로 봐야겠다."

파라소니의 임원이 스카이 포레스트 대기줄 끝에 섰다. 늦게 움직였기에 무려 2시간이나 대기해야만 했다.

그리고 그가 두 눈으로 목격한 것은 충격과 공포, 그 자체였다.

"아니, 이럴 수가! 어떻게 이런 라디오가 나올 수 있는 거지?"

파라소니의 임원의 눈이 커졌다. 그는 이해할 수 없는 현실 앞에서 망연자실하였다.

현실이 아니라 꿈만 같았다.

단 한 번도 본 적이 없던 전자제품의 그의 눈앞에 떡하니 보였다.

혁신적이었다. 딱 봐도 눈이 돌아갈 것만 같았.

전자제품을 만드는 회사의 임원답게 카세트 플레이어의 대단함을 단번에 알아봤다. 이런 제품은 세기적인 물건이었고, 사람들의 환호를 받는 건 당연했다.

"이건 팔릴 수밖에 없는 물건이다."

어떻게든 흠을 잡아서 깎아내리려고 했지만 그도 눈이 있었다.

카세트 플레이어!

스카이 뮤직!

일반적인 라디오와는 차원이 달랐다.

카세트 플레이어는 엄청나게 강력했다. 사실 비교 자체가 불가능하다고 봐야 했다.

"말도 안 돼."

그의 얼굴은 공포로 물들었다.

파라소니의 주력 수출 제품 가운데 하나가 바로 라디오였다. 미국과 유럽으로 불티나듯 팔려 나가는 라디오는 파라소니의 든든한 현금 인출기였다.

없어서 못 팔 지경이었다. 현금이 필요하면 그냥 마구 만들기만 하면 됐고, 전자제품 하면 일본이라는 꼬리표가 따라다녔다.

"카세트 플레이어가 수출된다면 우리 파라소니의 라디오는 취급조차 되지 않을 거야."

앞으로의 상황을 떠올린 그는 끔찍했다.

엄청난 파괴력을 지닌 카세트 플레이어는 기존 라디오 시장을 완전히 무너뜨리고 새롭게 만들어 낼 것이 분명했다.

이제 라디오 시장은 카세트 플레이어로 재편될 수밖에 없었다.

일본 라디오 업체들은 이 혁신적인 신형 카세트 플레이어를 막아 낼 방도가 없었다. 카세트 플레이어는 일본이 지배하고 있던 라디오 시장을 산산이 조각내 버렸다.

"이 제품들은 왜 이렇게 저렴하게 출시된 거야?"

보급형 제품의 가격을 본 파라소니의 임원이 절망했다.

가격이라도 비싸면 일본 라디오들이 살아남을 길이 있을지도 몰랐다. 그런데 스카이 포레스트의 카세트 플레이어는 가격이 일본 제품들과 비슷했다.

아니, 모두가 그런 건 아니다.

스카이 포레스트의 카세트 플레이어는 고급형 제품과 보급형 제품으로 나뉘어져 있었다.

고급 제품은 명품을 추구하는 스카이 포레스트답게 눈이 튀어나올 정도로 고가였지만, 보급형 제품은 구매하기에 큰 부담이 없는 가격대였다.

"이건 일본 수출 제품들을 겨냥한 가격대잖아."

파라소니의 임원이 몸을 부들부들 떨었다.

아무리 봐도 일본 전자제품을 노리고 만들어 낸 가격대로 보였다.

사악하다.

정말로 악독한 스카이 포레스트의 가격 정책이다.

망하는 건 스카이 포레스트가 아니라 파리소니였다.

소비자들의 입장에서 가격이 비슷하고 성능은 혁신적인 카세트 플레이어를 선택하는 것이 당연했다. 파라소니의 임원인 그 역시 카세트 플레이어를 사고 싶었으니 말 다했다.

* * *

「속보. 새로운 문화의 시대가 열렸다.」

뉴욕타임즈의 처음으로 카세트 플레이어, 스카이 뮤직을 알렸다. 이후로 기사들이 폭풍처럼 쏟아졌다.

「스카이 뮤직. 그 치명적인 혁신! 그 아름다운 자태에 반하다.」
「카세트 플레이어의 매력을 직접 느껴 봐라!」
「스카이 포레스트! 이제는 전자제품을 만들다.」
「이제 우리는 휴대용 음악 감성의 시대에 접어들었다. 그 시장을 열어 준 사람은 천재 차준후다.」

신문과 잡지, 방송 등 언론에서 스카이 뮤직을 알리면서 많은 소비자들의 눈길을 끌었다. 그로 인해 가전제품 박람회에 수많은 사람이 몰려들었다.
그리고 미국의 많은 음반 제작 관계자들이 차준후를 만나기 위해 혈안이 되었다.
"카세트테이프로 노래를 발매해야 해. 새로운 판매처가 열린 거니까."
"아주 멋진 물건이야. 이제 음반 시장은 더욱 커지고

넓어진다."

 "빠르게 카세트테이프를 내보내면 빌보드 차트에 노래를 올릴 수도 있을 거야."

 감각이 있는 음반 업체 사람들은 카세트테이프의 대단함을 알아봤다.

 "카세트테이트는 필리스에서 무료로 기술 특허를 풀기로 했어. 그러니까 카세트테이프로 발매하는 건 크게 문제가 되지 않아."

 필리스에서는 차준후의 제안을 받아들여 카세트테이프에 대한 제조 기술 특허를 무료로 풀어 버렸다.

 그러나 다른 업체들이 카세트테이프를 만들기 위해서는 공장과 생산 라인을 만들어야 했고, 시간이 필요했다. 지금 스카이 뮤직에 들어가는 카세트테이프는 필리스의 제품이 유일했다.

 "차준후와 협력을 맺어 빠르게 카세트테이프로 음악을 선보인다는 건 엄청난 매력이 있는 일이라고. 그레이스를 봐! 그녀의 음악은 다시 빌보드 차트에 이름을 올렸어."

 빌보드에서 사라졌던 사랑하는 그대와 함께 노래가 역주행을 해 버렸다. 필리스 카세트테이프에 처음으로 노래를 삽입했다는 이유만으로.

 이 모든 걸 가능하게 만들어 준 사람이 바로 차준후다.

 차준후와 함께한다는 건 음반 제작 관계자들에게 엄청

나게 매력적인 일이었다. 그레이스의 다음 순번이라도 차지하기 위한 음반 제작 업체와 가수들의 경쟁이 치열하게 벌어졌다.

* * *

가전제품 박람회가 끝나고 카세트 플레이어가 폭발적으로 팔려 나갔다. 300달러가 넘는 최고가 고급형 제품 라인도 출시되자마자 품절됐다.

손에 쏙 들어오는 앙증맞은 스카이 뮤직을 구매하기 위해 며칠 밤낮을 대기하는 줄이 생겨났을 정도였다.

"특허 공유를 해 달라고요?"

차준후가 카세트 플레이어를 제작하는 기술 특허를 공유해 달라는 미국 업체들을 만났다.

"필리스도 카세트 플레이어를 내놓고 있잖습니까. 저희도 특허를 공유받아 카세트 플레이어를 출시하고 싶습니다."

카세트 플레이어를 모방한 제품들이 하나둘씩 세상에 나오려고 했다. 오토리버스를 비롯한 독특한 특허를 제외하면 평범한 카세트 플레이어 제작 방법은 이미 세상에 나와 있는 상태였다.

"운터 회사에서는 멋진 제품을 생각하고 있는 모양이

군요."

 운터는 라디오와 텔레비전을 만드는 미국의 전자제품 회사다. 미국에서 명성이 있는 회사로, 텔레비전 매출은 늘어나지만 라디오 매출이 점점 떨어지고 있는 문제가 있다. 일본 라디오 업체들에게 밀리는 형국이었다.

 이는 다른 미국 전자제품 회사들도 마찬가지다.

 저렴한 인건비를 앞세우고, 정부 보조금을 받아 가며 새로운 부품과 기술 개발에 막대한 노력을 기울이는 일본 기업들에게 점점 시장을 빼앗겼다.

 "이왕에 만드는 제품 제대로 만들어야죠. 그래야 일본 기업들을 이길 수 있습니다."

 "로열티만 내신다면 공유해 드리지 못할 이유가 없죠."

 차준후가 흔쾌히 받아들였다.

 일본 기업을 이긴다는 이야기가 마음에 와닿았다.

 게다가 카세트테이프 표준화 전쟁이 이제 본격적으로 벌어지게 되는 조짐이 보였다. 필리스의 카세트테이프를 본 다른 경쟁 업체들도 자신들만의 규격 제품을 발표했다.

 서독의 구란디히나 영국의 빅터 레코드 업체들은 자국의 기업들과 손을 잡고서 카세트 플레이어를 내놓겠다고 천명했다. 그들은 자국뿐만 아니라 외국 기업들과도 연합을 할 생각이었다.

그들이 가장 신경을 쓰고 있는 국가 가운데 한 곳이 바로 일본이었다. 일본을 연합에 끌어들이면 충분히 승산이 있다고 판단했다.

카세트 플레이어와 카세트테이프 표준화 규격을 두고 치열한 경쟁이 펼쳐지게 되는 건 피할 수 없다는 소리였다.

그러나 차준후는 딱히 걱정하지 않았다. 그는 스카이 뮤직이 그 경쟁에서 승리할 것임을 확신했다.

그의 머릿속에는 이미 표준화 규격 경쟁에서 승리하고, 이후 휴대용 음악 기기의 발전에 발맞춰 어떤 사업을 펼쳐 나갈지에 대한 구상이 이어지고 있었다.

카세트 플레이어뿐만 아니라, CD 플레이어, MP3 플레이어 등 모든 기기를 앞으로도 선점해 나갈 작정이었다.

"자세한 협의는 실무진과 하시면 됩니다."

"감사합니다. 앞으로 잘 부탁드리겠습니다."

운터 회사에서 온 사람의 입가에 미소가 피어났다.

미국을 비롯한 유럽에서 온 회사 사람들이 차준후와 만남을 통해 카세트 플레이어 제작 특허에 대한 이야기를 나눴다.

카세트 플레이어를 문화적인 대유행으로 만들기 위해 연합이었다.

그런데 이런 연합 흐름에 끼지 못하는 기업들이 있었는데, 이 기업들에는 한 가지 공통점이 존재했다.

바로 일본 기업이라는 점이었다.

하나같이 세계적으로 명성이 높은 기업들로, 연합에 합류한다면 서로에게 많은 도움이 될 것이 분명함에도 그들은 그 흐름에 참여하지 못했다.

"으아아악! 왜 우리 파라소니에는 특허를 공유해 주지 않겠다는 거야!"

파라소니의 임원이 머리를 쥐어뜯었다.

정확히는 특허를 공유할 수 없다고 답변받은 건 아니었다. 애당초 대화를 시작도 보질 못했으니 답변을 받을 수 있을 리가 없었다.

특허에 대한 협의를 나누어 보려고 해도 만남이 성사되질 않았다. 어떠한 제안에도 스카이 포레스트 미국 법인에선 대답이 돌아오지 않았다.

이 의미를 이제는 파라소니를 비롯한 일본의 사람들은 모두 알고 있었다.

일본과는 어떠한 협상도 하지 않겠다는 것!

뛰어난 역량을 지니고 있음에도 일본 기업들은 스카이 포레스트를 주축으로 한 카세트 플레이어 연합에 참여할 수 없었다.

"젠장! 이건 모두 시세삼도 녀석들이 난리를 쳐서 벌어진 일이잖아. 왜 그놈들 때문에 우리까지 손해를 봐야 하냐."

파라소니를 비롯한 업체들은 시세삼도를 크게 원망하고 있었다.

스카이 포레스트와 원만하게 지냈으면 이런 일도 없었을 텐데……. 이웃 국가 기업들끼리 친하게 지내면 얼마나 좋을까.

한 번 아니다 싶으면 냉정하게 등 돌리는 차준후는 태도는 이제 업계에 유명했다. 특히 경쟁 업체를 숨 돌릴 틈 없이 압박하고 공격하기도 했다.

어떻게든 사태를 해결하고자 일본 정부가 직접 나섰지만, 아무런 소용도 없었다.

스카이 포레스트가 나날이 성장할수록 일본 기업들의 피해는 실로 막심해지고 있었다.

"스카이 포레스트에서 의도적으로 일본 기업들을 배제하고 있다. 이러면 서독의 구란디히나 영국의 빅터 레코드와 손을 잡아야만 해."

혁신적이면서 주력으로 떠오를 음악 기기인 카세트 플레이어와 카세트테이프의 표준화 경쟁에서 승리한다면 뒤따라올 이익은 천문학적이었다.

대유행 조짐이 보이는 음반 시장은 카세트테이프와 카세트 플레이어를 중심으로 재편성된다. 어디까지 성장할지 예상이 힘들 정도이다.

어떻게든 반드시 이 경쟁에 참여해서 승리해야만 했다.

다만 한 가지 우려되는 건 승리했을 때 얻을 수 있는 이익이 엄청난 만큼 경쟁에서 패했을 때 얻게 될 손실도 엄청나다는 점이었다.

 치열할 것이 분명한 표준화 경쟁에서 승리하기 위해선 그만한 시설과 장비, 그리고 기술 개발에 대한 투자가 필요했다.

 만약 경쟁에서 패한다면 그 모든 투자와 노력이 날아가 버리는 셈이었다.

 제아무리 매해 엄청난 영업이익을 올리고 있는 파라소니라 할지라도 그 정도 손해를 본다면 휘청거릴 수도 있었다.

 물론 이 분야에서 이미 세계적인 역량을 증명한 파라소니라면 경쟁에서 승리할 승산이 높았다.

 ······그런데 왜 이렇게 불안하단 말인가.

 "마치 독사과를 먹는 느낌이야."

 아무리 봐도 불 속으로 뛰어드는 형국 같았다.

 스카이 포레스트가 짜 놓은 시나리오에 참여해서 박살이 날 것만 같은 불안감이 밀려왔다.

* * *

 밀레니엄 스튜디오 대표실.

"오랜만입니다. 이러다 얼굴 잊어버리겠어요."

"라운 감독님이 바빠서 그런 것 아닙니까."

차준후가 커피를 한 모금 마시면서 여유를 만끽하고 있었다. 그는 몰려드는 사람들과 인터뷰 요청 등을 피해서 밀레니엄 스튜디오로 피신한 상태였다.

뉴욕 가전제품 박람회 이후 카세트 플레이어는 대유행을 타고 있었다. 생산이 수요를 따라가지 못했고, 이 대유행 흐름에 합류하기 위한 기업들의 움직임이 분주하였다.

그러한 흐름이 만들어지기까지는 차준후가 직접 주도했지만, 이제는 직원들에게 맡겨도 충분했다.

"제가 바쁘다고 해도 차준후 대표님에 비해서는 부족하지요."

"매우 귀여운 여인 영화 상영은 언제입니까?"

차준후가 이야기를 돌렸다.

라운은 댄싱 스타 2부를 마무리 지은 후 곧바로 공항 면세점 광고에서 사용했던 컨셉을 차용하여 기획한 영화를 촬영하기 시작했다.

쉴 틈 없이 무척이나 바빴고, 이제야 영화 촬영이 모두 끝나고 편집까지 마무리 단계에 이르러 한숨 돌릴 수 있게 된 것이었다.

차준후는 밀레니엄 스튜디오가 배급사들과 영화 상영일을 조율하고 있다고 전해 들었다.

"상영일을 일주일 정도 늦추려고 합니다."

"편집이 마무리 단계라고 했잖습니까?"

"영화에 꼭 넣고 싶은 물건이 있어서요."

라운이 말하면서 차준후를 뚫어져라 바라보았다. 원하는 게 있다는 소리다.

"스카이 뮤직이군요."

차준후는 라운 감독이 원하는 걸 알아차렸다.

영화가 상영되기까지 바뀐 부분은 카세트 플레이어였다.

"역시. 제가 뭘 원하는지 아실 줄 알았습니다. 이번 신작에는 여주인공이 음악과 함께 춤추는 장면이 나옵니다. 스카이 뮤직을 들고서 춤추는 장면을 연출해 내면 환상적으로 그려 낼 수 있습니다. 자유와 개성의 상징으로 떠오른 스카이 뮤직은 이번 영화에 딱 어울립니다."

라운 감독이 의욕을 불태웠다.

아름다운 영상과 함께 미장센으로 활용할 수 있는 스카이 뮤직이었다. 영화의 내용과 영상미를 더욱 아름답고 풍족하게 만들 수 있었다.

더 볼 게 많은 영화를 제작할 수 있는 기회를 감독으로서 놓칠 수가 없었다.

"배우들과는 이야기를 했습니까?"

"물론이죠. 모든 배우들이 재촬영을 하겠다고 나섰습니다."

영화 관객을 더 끌어들일 수 있다는 라운 감독의 이야기에 배우들이 모두 받아들였다. 그도 그럴 것이 요즘 가장 뜨거운 화제가 바로 카세트 플레이어인 스카이 뮤직이었다.

 특히 최고급 스카이 뮤직은 명품, 그 자체였다. 돈이 있어도 살 수 없었고, 가지고 있는 것만으로 사람들의 부러움을 살 수 있었다.

 "영화에 차준후 대표님도 일정 부분 참여를 하고 있는 거잖습니까. 도와주십시오."

 밀레니움 스튜디오의 대주주이면서 영화의 컨셉을 잡은 사람이 바로 차준후였다. 많은 관객들이 영화를 관람하면 차준후의 지갑도 그만큼 두둑해진다.

 "제가 도움을 받는 거죠. PPL을 하겠습니다."

 차준후가 흔쾌히 받아들였다.

 그렇지 않아도 유명 영화와 TV 드라마에 스카이 뮤직 PPL을 계획 중이었다. 원 역사에서도 쏘니는 영화와 드라마에 PPL을 펼쳤고, 대중문화의 상징적인 패션 아이템으로 떠오르게 마케팅을 하였다.

 "서로 돕는 거죠. 물론 제가 더 큰 도움을 받는 거고요. 제 성공의 시작은 차준후 대표를 만나면서부터입니다."

 차준후가 도와준 덕분에 지금의 위치에 있다고 생각하는 라운이었다. 만약 차준후를 만나지 못했다면 아직도 허름한 사무실에서 고생하고 있을지도 몰랐다.

"라운 감독님은 제가 아니더라도 충분히 성공하셨을 겁니다."

차준후는 라운 감독의 성공을 잘 알았다.

조금 더 빨리, 그리고 크게 성공할 수 있도록 도왔을 뿐이다. 조금 미숙했을 뿐 원래부터 라운 감독의 역량은 충분했다.

성공할 사람에게 도움의 손길을 줬을 뿐인데 라운이 오해를 하고 있었다. 오해를 넘어서 차준후와 더 많은 시간을 보내려고 집착하였다.

"그렇게 생각해 주니 고맙습니다. 그래도 제가 많은 이득을 보고 있다는 건 부정할 수 없는 사실입니다."

"제 이득도 큽니다."

차준후는 양심이 찔렸다.

오히려 큰 이득을 본 건 차준후였다.

밀레니엄 스튜디오는 그야말로 황금알을 낳는 되어 가고 있었다. 일찌감치 투자해서 대주주가 된 차준후는 그야말로 대박이 터진 셈이었다.

영화와 드라마를 비롯한 시장은 앞으로 엄청나게 커지고, 앞으로 고공행진을 거듭하는 밀레니엄 스튜디오였다. 밀레니엄 스튜디오가 얻는 과실의 일부는 차준후에게로 넘어오게 된다.

"엄청난 도움을 받고도 성공하지 못하면 그건 제 역량 부족이지요. 앞으로 더욱 큰 이득으로 보답하겠습니다."

라운은 자꾸만 밀쳐 내려는 차준후에게 더욱 다가서려고 노력했다.

오랫동안, 아니 죽을 때까지 가깝게 지내야만 한다.

영화와 드라마 등 엔터 사업은 레버리지가 굉장히 큰 산업이다. 엔터 문화적인 부분은 흐름과 유행이 빠르기 때문에 매번 성공을 보장하지 못한다. 대성공을 한 감독과 작가들도 다음 작품에서는 망하는 일이 부지기수다.

그런데 차준후는 성공을 위해 엔터 문화의 흐름에 얽매이지 않는다.

오히려 유행을 직접 만든다.

이것이 대단한 거다.

세상에 천재가 많다고 하지만 유행을 선도하는 사람은 눈을 씻고 봐도 찾기 힘들다. 유행을 선도하면서 차준후처럼 다방면에서 재능을 보여 주는 사람은 없다고 해도 과언이 아니다.

단연코 차준후가 최고였다.

엔터 업계의 종사자들과 방송국 관계자들이 차준후와 함께 일하려는 이유가 바로 여기에 있다.

"……믿고 있습니다."

차준후가 의욕을 불태우고 있는 라운을 그냥 방치하기

로 마음먹었다. 부정할 때마다 더욱 집착하고 매달리니 어떻게 할 방법이 없었다.

* * *

로맨틱 코미디 영화 매우 귀여운 여인이 드디어 극장에서 선보였다.

LA의 한 대형 극장에서는 라운 감독과 사만다 월치를 비롯한 영화에 출연한 주요 관계자들이 한자리에 모였다. 그리고 영화 주제곡을 부른 그레이스 켈리도 한껏 치장을 하고 자리를 잡고 있었다.

그리고 사만다 월치와 그레이스 켈리의 사이에는 차준후도 보였다. 라운 감독이 참석을 해 달라고 간곡하게 부탁을 했기 때문이었다.

'영화를 보고 싶었어.'

차준후는 자신이 알고 있던 매우 귀여운 여인과 라운 감독 연출의 영화가 어떻게 다를지 궁금했다.

어차피 보려던 영화였기에 라운 감독의 초대를 마다할 이유가 없었다.

무엇보다 바쁜 회사 업무를 잠시나마 내려놓을 수 있는 핑계로도 아주 적절했다.

'스카이 뮤직을 PPL 하고, 또 밀레니움 스튜디오의 대

주주로서 영화가 제대로 나왔는지 확인할 의무가 있는 거지.'

차준후가 배우들이 열연한 영화를 감상하였다.

영화는 유쾌하면서도 재미있었다.

문화

　밀레니엄 스튜디오는 광고와 드라마 제작사로 이름을 알렸지만 할리우드에서는 아직 신생 업체였다.
　그럼에도 이번에 처음으로 제작한 영화는 무척이나 주목을 끌며 수많은 관객을 불러 모았다.
　'역시 잘될 줄 알았다니까.'
　라운 감독이 웃고 있었다.
　영화가 무조건 성공할 거라고 믿었기에 이번 영화를 제작하면서 밀어붙였다. 시나리오와 각색, 투자, 배우 섭외, 배급사 선정 등을 하는 과정에서 라운은 강하게 밀어붙였다.
　영화가 망하면 밀레니엄 스튜디오는 커다란 손실을 봐야만 했다.

드라마 제작사로 이름을 날린 밀레니엄 스튜디오의 탐욕, 혹은 몰락이라는 뒷말이 나올 게 뻔했다. 밀레니엄 스튜디오가 잘나가게 되면서 소위 고깝게 보는 사람이나 업체들도 늘어났다.

그러나 이런 반응이라면 손익분기점은 어렵지 않게 넘을 것으로 예상됐다.

'다음 작품도 차준후 대표와 함께해야지.'

라운이 한쪽에서 영화에 집중하고 있는 차준후를 보면서 속으로 결심했다. 큰 성과를 거둘 수 있었던 배경에는 바로 차준후가 있었기 때문이라고 여겼다.

영화를 관람하고 있는 관객들이 웃는 장면들이 지속적으로 나오고 있었다.

"하하하! 재미있네."

"호호호호! 요즘 들어 가장 웃기는 영화예요."

몰입해서 보다가 자연스럽게 터져 나오는 웃음소리들은 영화의 재미를 단적으로 보여 줬다.

가난한 여인이 상류층 남자를 만나서 벌어지는 과정을 유쾌하게 만들어 냈다. 라운 감독의 연출과 각색이 빛을 발했다.

'역시 능력이 있는 감독이라니까.'

차준후가 볼 때 원작인 영화와 비교해도 전혀 손색이 없었고, 어떤 면에서는 더욱 번뜩임이 보였다.

스카이 포레스트의 화장품으로 세련되면서 아름다운 모습으로 연회에 참석하고, 스카이 포레스트의 아름다운 옷을 몇 번이나 갈아입고, 스카이 뮤직을 손에 들고 춤추는 장면 등 인상적인 부분이 계속해서 튀어나왔다.

현대판 신데렐라 이야기!

신데렐라처럼 살고 싶은 건 모든 여인의 꿈이다. 상류층 무대를 경험하고, 또 상류층으로 올라가고 싶어 한다.

"예술이네."

"배우들이 열연했고, 감독이 잘 찍었어."

"어디 하나 버릴 데가 없다."

영화는 진짜 볼만했다.

항상 잘 통하는 마법과도 같은 소재를 라운 감독이 아름다운 영상으로 만들어 냈다.

남녀 주인공들이 헤어졌다가 다시 만나는 해피 엔딩으로 영화가 끝났다.

어두웠던 극장 내부에 조명이 커졌다.

짝짝짝! 짝짝짝!

짝짝짝! 짝짝짝!

영화 시사회에 참석한 관객들이 박수를 요란하게 쳤다.

기립박수였다.

"정말 재미있어요."

"오랜만에 제대로 된 영화를 봤어요. 너무 재미있어서

한 번 더 봐야겠어요."

"아름다운 사랑을 보여 준 영화네요. 제 젊은 시절이 생각났네요."

"신분의 차이를 뛰어넘어서 사랑하는 모습이 좋았어요."

차준후도 일어서서 아낌없이 박수를 보냈다.

영화의 내용도 물론 좋았지만, 그보다는 영화사에 길이 남을 이 영화에 자신이 한 발 걸쳤다는 것이 마음을 뭉클하게 만들었다.

"라운 감독님과 출연 배우들, 그레이스 켈리의 무대인사가 있겠습니다."

사회자가 마이크를 잡고서 행사를 진행하였다.

"잠시 뒤에 봬요."

"무대 인사를 하고 올게요."

그레이스 켈리와 사만다 월치가 무대 인사를 하기 위해 앞으로 나섰다. 사회자의 멘트와 함께 라운 감독과 배우들이 무대 인사를 하려고 자리를 잡았다.

"유쾌한 로맨스로 강렬한 스크린 데뷔작을 선보여 준 라운 감독님을 먼저 모시겠습니다."

"안녕하십니까. 라운 감독입니다. 영화는 재미있게 보셨습니까?"

라운 감독이 무대인사에 나섰다.

"정말 유쾌한 로맨스였어요."

"영화도 재미있고, OST도 좋았어요."
"영화를 보면서 설렜어요."

박수 소리와 관객들의 환호성으로 무대가 후끈 달아올랐다.

"열심히 대본을 쓰고 각색한 보람이 있네요. 제 말이 조금 길어질 것 같은데 앉아서 편하게 들어 주세요."

라운 감독이 웃으면서 이야기를 하고 있을 때였다.

검은 양복의 사람들이 빠르게 차준후에게로 다가왔다. 차준후의 경호원들이었다.

그런 경호원들 옆에는 딱딱하게 긴장된 안색의 건장한 사내들이 있었다. 그들의 상의 한쪽이 볼록하게 튀어나와 있었다. 권총을 휴대한 것이다.

"대표님, 이동하셔야 합니다."

경호원 가운데 한 명이 차준후에게 작게 속삭였다.

"지금요?"

"긴급 상황이 벌어졌습니다. 옆에 분들은 펜타곤에서 나오신 분들입니다."

"알겠습니다."

차준후가 경호원들에 둘러싸여 영화 시사회장에서 빠져나왔다.

무대 인사 와중에 벗어나는 것이었기에 사람들의 시선에 잡혔지만 어쩔 도리가 없었다. 경호원들이 이렇게 움직인다는 건 엄청난 문제가 생겼다는 것이었으니까.

"무슨 일입니까?"

"소련의 움직임이 심상치 않습니다. 소련이 쿠바에 미사일을 설치하고 있습니다."

"아!"

차준후는 쿠바 미사일 위기를 떠올렸다.

소련이 쿠바에 핵미사일을 배치하고 있고, 이를 막기 위해 미국이 제3차 세계대전까지 감수하는 극한 대응을 펼친다.

소련과 미국의 대치는 핵전쟁 발발 일보 직전까지 가는 국제적 위기 상황이었다.

군부에서는 쿠바의 미사일 기지 건설을 소련의 명백한 무력 도발로 치부했다. 그렇기에 폭격이나 미사일로 쿠바를 공격해야 한다고 주장하였다.

미국의 선제 폭격이 이어지면 소련의 보복이 일어날 가능성이 높았다.

"당분간 대외 활동을 자제 부탁드립니다. 경호를 하고 있지만 완전한 안전을 보장하지 못합니다."

미 국방부에서 나온 군인이 차준후에게 부탁했다.

미국 내부에서 활동하고 있는 공산주의자들이 상당히 많았고, 이들을 모두 색출해 낸다는 건 불가능이었다. 공산주의자들에 의해 차준후가 납치 및 암살을 당할 가능성이 있었다.

외국인임에도 불구하고 미국이 보호해야 할 특급 인재 가운데 단연코 가장 위에 있는 인물이 바로 차준후였다. 미국은 차준후를 거의 자국민처럼 여기고 있었다.

"당분간 외부 활동을 하지 않겠습니다."

차준후는 한동안 외부에 얼굴을 내비치지 않겠다고 다짐했다.

소련이 섣부른 행동을 하지 않는다는 걸 알고 있었지만 지금은 조용히 있을 때였다. 그리고 연구해야 할 부분도 몇 가지 있었고, 한동안 여유롭게 시간을 보낼 생각이었다.

* * *

쿠바 미사일 위기는 세계를 핵전쟁 직전까지 몰아넣은 아주 긴급한 위기 사태였다. 쿠바의 미사일 기지 설치는 미국의 국가 안보에 심각한 위협이었다.

미국이 들썩거렸다.

"소련에서 핵미사일이 날아올 수 있어."

"방공호를 건설해 줘요."

"식료품을 닥치는 대로 사!"

"젠장! 소련 놈들이 핵미사일을 싣고 쿠바로 가고 있어."

핵전쟁이 벌어질 수 있다는 위기감으로 미국 전역이 아

수라장으로 변했다. 주식 시장에서 엄청나게 하락하는 종목들이 속출했고, 사람들이 식료품을 사재기했다.

"미국에 있다가는 핵미사일에 맞아서 죽을 수 있어. 고국으로 돌아가자."

"미국은 위험해."

"핵이 터지면 그냥 죽는 거야."

유럽과 아시아에서 온 유학생이나 직장인들이 황급히 고국으로 돌아가기 위해 비행기를 탔다.

원자폭탄을 맞아 본 일본인들은 핵폭탄의 위협을 뼈저리게 느꼈다. 그렇기에 핵전쟁 위기를 접하자마자 일본으로 돌아가는 비행기표를 구했다.

미국에 진출한 일본 기업들 상당수는 업무를 줄이거나 문을 닫았다. 핵전쟁으로 날벼락을 맞을 수는 없기에 한 조치였다.

이번 쿠바 미사일 사태에 대해 대부분의 기업들이 모종의 조치를 취하고 있다. 그런데 스카이 포레스트 미국 법인은 평소와 다름없다.

"돌아가셔야 하는 것 아닙니까?"

토니 크로스가 차준후에게 조언했다.

위험한 미국에 머무르지 말고 안전한 대한민국으로 돌아가라는 의미였다. 미국에 있다가 비명횡사하는 차준후의 모습을 볼 수는 없었다.

"연구해야 할 일이 있어요."

차준후가 커피를 마시면서 담담하게 이야기했다.

그는 연구실에서 여러 가지 연구를 하면서 편안한 시간을 보내고 있었다. 세상이 미쳐서 돌아가고 있었지만 덕분에 한가했다. 솔직히 찾는 사람들이 줄어들어서 오히려 더 좋았다.

"대표님은 불안하지도 않습니까? 한국 직원들은 아무렇지도 않나요?"

핵미사일이 머리 위로 떨어질 수도 있었다.

대도시인 LA도 소련의 목표일 게 분명했다.

"저를 비롯한 한국 직원들에게 전쟁은 멀리 있는 게 아닙니다. 그리고 대한민국도 전쟁을 대비하고 있다고 하네요. 돌아간다고 해서 전쟁에서 벗어날 수 있는 건 아니에요. 만약 돌아가면 예비군에 들어가야 할 수도 있다는 거죠."

북한의 남침을 대비해서 대한민국 군대도 만반의 태세를 갖추고 있었다. 미국에서 전쟁이 터지면 한반도에서도 한국전쟁이 재차 벌어지게 될 가능성이 높았다.

시시때때로 무력 도발을 벌이고 있는 북한이었다.

막강한 소련의 기갑 전력이 북한을 통해 대한민국으로 넘어올 수도 있었다. 지금 대한민국의 군대와 정부는 잔뜩 긴장한 상태였다.

"따져 보니 미국이 안전할 수도 있겠네요."

"전쟁은 끔찍한 결과를 불러일으키죠. 정상적인 사고를 가졌으면 절대 전쟁은 일어나지 않을 겁니다."

"그러니까요. 제발 미국과 소련의 수뇌부들이 정상적인 생각을 가졌으면 합니다."

"미친 사람들은 아니라고 봅니다."

차준후는 이번 사태가 잘 해결된다는 걸 알았다. 그의 회귀로 인해 변화가 발생했다면 모르겠지만.

설마 3차 세계대전이 벌어지지는 않겠지.

"그렇겠죠?"

"열심히 협상을 하고 있을 겁니다."

차준후는 미국의 힘을 믿었다.

소련이 초강대국이라고 하지만 미국에는 역부족이다.

철의 장막으로 가려진 소련은 그 힘이 잔뜩 부풀려져 있었고, 이를 소련의 수뇌부들이 누구보다 잘 알았다. 미국과의 정면 대결은 소련의 파멸이었다.

물론 미국도 엄청나게 큰 피해를 입겠지만.

"요즘 어떤 연구를 하고 계신 겁니까?"

"줄기세포 연구를 할 수 있는지 살펴보는 중이에요."

"줄기세포 연구요? 그건 또 뭡니까?"

"줄기세포는 모든 신체 조직과 장기로 발달할 수 있는 만능세포예요 줄기세포를 이용하면 피부의 복원과 병의 치료를 할 수 있죠."

줄기세포는 죽지 않고 끝없이 반복해 분열하는 세포다. 인체의 혈액과 피부가 끊임없이 생성되고 상처가 스스로 회복되는 것도 줄기세포 덕분이다.

"네?"

토니 크로스는 자신이 들은 게 맞는지 잠시 멍한 표정을 지었다.

이건 뭐 만능 치료제이지 않은가.

"줄기세포를 이용하면 꿈의 화장품을 만들어 낼 수 있어요."

차준후는 피부를 재생하는 줄기세포 화장품을 연구하고 싶었다.

그의 회귀에 지대한 영향을 끼친 연구였다.

21세기에도 줄기세포 연구는 미지의 영역이 많았다.

줄기세포를 완벽하게 연구하면 암, 당뇨병, 파킨스병의 정복이 가능하다는 게 의학계의 의견이었다.

"그게 가능한 겁니까?"

"일정 부분은 가능한데 완벽하지는 않아요."

"대표님도 이번에는 확신을 하시지 못하네요?"

"이건 저도 아직 연구 단계입니다."

치료 목적으로 연구되던 줄기세포는 그 가능성을 보여줬다. 치료 분야에서 제대로 된 성과를 내지 못했지만 손상된 피부 조직과 상처를 치유할 수 있다는 게 알려졌다.

그리고 화장품 소재로 떠올랐다.

세포를 재생시키는 줄기세포의 치유 능력은 기미, 홍조, 여드름, 피부 치료에 탁월했다. 줄기세포 화장품은 피부를 근원적으로 치유해 줄 수 있는 기적을 가지고 있는 것이다.

"연구비가 엄청나게 들어가겠는데요?"

"이걸 제대로 연구하기 위해 돈을 벌고 있습니다."

"성공할 경우 막대한 효과를 볼 수 있겠네요. 대표님이라면 해내실 거라고 믿습니다."

너무 믿는다.

줄기세포 화장품은 차준후도 미지의 영역이다.

이 미지의 영역을 파헤치기 위해서는 광범위한 연구와 막대한 지원, 또 국가적인 역량이 필요했다. 스카이 포레스트 자체적으로 해결할 수 있는 영역이 아니었다.

* * *

대한민국은 산업 역사상 처음으로 소프트 파워, 문화적인 역량을 미국에서 키워 나가고 있다. 이 모든 건 바로 스카이 포레스트, 즉 차준후가 앞에서 이끌어 나가는 것이다.

"일본 기업들은 철수하거나 문을 닫고 도망쳤어. 그런데 스카이 포레스트는 오히려 더욱 공세적으로 사업을 펼치고 있다."

"며칠 전에는 직원을 새롭게 뽑는다더라."

"외국 기업이 아니라 국내 기업이라니까."

"애국 기업이야. 주식 시장에 상장됐으면 좋겠다."

"상장하면 대출까지 받아서 구매할 텐데, 아쉽다."

이번 쿠바 미사일 사태를 겪으면서 미국인들은 스카이 포레스트에 대해 더욱 호감을 가졌다.

어려울 때 함께하면서 스카이 포레스트는 그 위상을 더욱 공고하게 만들었다. 세계 대전의 위기를 넘기면서 역사와 신화적인 이야기를 만들어 가고 있었다.

브랜드!

스카이 포레스트는 미국인들의 마음에 하나의 혁신적인 문화의 아이콘이 되어 갔다. 스카이 포레스트가 만드는 제품이 곧 오리지널이라는 인식이 만들어졌다.

"스카이 뮤직 뷰티 들어왔어요?"

"내일 소량 입고될 예정이에요."

"예약해 주세요."

"죄송합니다, 손님. 예약은 어려워요. 밖에서 구매 고객들이 대기하고 있어서요."

"아! 밖의 줄이 대기하는 사람들이에요?"

"맞아요."

카세트 플레이어 최고급 제품 이름이 바로 스카이 뮤직 뷰티다.

미국에서는 손에 쏙 들어오는 스카이 뮤직 뷰티를 구매하려는 사람들이 넘쳐 났다. 카세트 플레이어는 단숨에 문화적 유행을 이끌어 냈다.

쿵! 쿠우웅! 쿵!

두두둥! 두둠둠! 둠바! 둠바!

뉴욕과 LA 같은 대도시에서 카세트 플레이어를 틀어 놓고서 춤을 추거나 기타를 치는 음악인들이 늘어났다.

"이야! 듣기 좋다."

"오늘 공연한다."

"직접 연주하는 것도 좋은데, 반주가 나오니까 더욱 공연이 살아 있는 것 같아."

"노래와 함께하니까 춤추는 게 예술적이야."

"나도 저 노래를 테이프에 녹음해야겠다."

카세트 플레이어를 들고 다니는 사람들이 자주 눈에 띄기 시작했다.

그리고 필리스의 카세트 플레이어도 시장에서 모습을 보였다.

"스카이 뮤직 뷰티 있어요?"

"필리스 제품은 들어왔어."

"그 제품은 짝퉁이잖아요."

"필리스가 서운해한다. 필리스에서 같은 특허 기술을 사용해 만든 제품이라고."

"에이! 그래도 전 기다렸다가 스카이 포레스트 물건을 살래요."

사람들이 가장 가지고 싶은 멋진 제품은 스카이 뮤직 뷰티였다. 필리스에서 심혈을 기울여서 만들 카세트 플레이어는 준비한 기간이 부족해서인지 약간 부족해 보였다.

아니, 괜찮은 편이다.

그러나 상대가 너무 강했다.

스카이 뮤직에 비해서는 디자인이나 성능 등이 여러모로 부족했다. 그리고 그 차이가 손님들의 구매 욕구 차이를 만들어 냈다.

"아저씨, 노래 녹음하게 테이프 한 박스 주세요."

"여기 있다."

"이걸로 주시면 어떻게 해요? 빅터 레코드 테이프는 스카이 뮤직에 안 들어가잖아요."

"이 녀석아! 필리스 걸로 달라고 말했어야지."

"당연하죠. 전 무조건 스카이 포레스트 물건이 좋아요. 화장품도 이 회사 제품만 사용하고 있어요."

필리스 입장에서는 다행스럽게도 테이프가 불티나듯 팔려 나갔다. 특허료를 무료로 풀었지만 필리스 테이프가 시장을 휩쓸었다.

구란디히와 빅터 레코드에서도 카세트테이프를 만들어 냈고, 전자 업체들이 이 회사들과 협력해서 카세트 플레이어를 만들어 냈다.

쏘니와 파라소니 등의 일본 기업들은 필리스가 아닌 이쪽으로 합류했다. 필리스에 합류하고 싶었지만 스카이 포레스트의 특허권 사용 거절로 합류가 무산됐기 때문이었다.

카세트테이프의 표준화 전쟁이 기업들 사이에서 일어났다.

시장의 상당 부분을 장악한 필리스는 대량 생산 체제를 통해 카세트테이프를 쏟아 냈고, 이를 통해 가격 경쟁에서 우위를 차지할 수 있었다. 우수한 품질과 저렴한 가격을 앞세워서 카세트테이프 시장에서 앞서 나갔다.

그리고 다른 무엇보다 스카이 뮤직에 들어가는 규격이라는 점이 컸다.

스카이 뮤직이 출시되면서 스카이 포레스트의 화장품 매출이 상승하고 있었다. 스킨케어 화장품보다 색조 화장품 매출이 늘어났다.

색조 화장품을 더욱 많이 찾는다는 것일 뿐, 전체적으로 모든 분야에서 화장품 매출이 성장했다.

"스카이 포레스트! 이 회사, 정말 물건 잘 만든다."

"전자 제품 회사인 줄 알았어. 그런데 화장품 회사라더라."

"지금 내 입술에 바른 화장품이 뭔지 알아?"

"캔디! 내 입술에 캔디야."

"어떻게 알았어?"

"나도 구매했으니까. 그리고 캔디보다 더 좋은 화장품들도 많아. 쿠션 톡톡과 밀크를 봐. 향수도 아주 끝내줘."

"음! 그 제품들은 너무 비싸."

"헤헤헤헤! 난 엄마 화장품 몰래 바르고 나왔지."

"언니가 스카이 포레스트 화장품을 쓰더라. 나도 내일 한번 발라 봐야겠다."

"저번에 언니 옷 입고 나왔다가 머리카락 쥐어뜯기지 않았니?"

"괜찮아. 목숨 걸고 바르는 거야."

"파이팅!"

10대와 20대의 매출 급상승!

카세트 플레이어에 가장 열광하고 있는 연령층이 바로 10대와 20대였다. 이들은 점점 늘어나고 있는 카세트 플레이어들 가운데 스카이 포레스트 제품에 꽂혔다.

젊은이들이 저렴한 카세트 플레이어 대신에 비싸고 디자인이 환상적인 스카이 포레스트 제품에 열광했다. 가격을 떠나서 스카이 뮤직을 찾았다.

* * *

스카이 포레스트 미국 법인 대표실.

CBC 방송국의 미용 방송 프로그램인 뷰티 월드 사람들이 찾아왔다. 요즘 화제가 되고 있는 차준후를 촬영하기 위해서다.

뷰티 월드에서는 방송국에서 방청객들을 모아 놓고 촬영하고 싶어 했다. 그러나 경호원들에 의해 그 제안은 곧바로 거절됐다.

뷰티 월드에서 결국 대표실까지 찾아와서 촬영할 수밖에 없었다. 물론 이것만 해도 아주 감사한 일이었다.

"이번에 뷰티라는 이름을 붙인 스카이 뮤직을 선보였는데요. 세간에 크게 화제가 되어 가고 있습니다. 저도 구해 보려고 노력했는데, 아쉽게도 구하지 못했네요. 어떻게 이런 제품을 만드실 생각을 하셨나요?"

"노래를 언제 어디서든 듣고 싶어서 만들었습니다."

차준후가 미소를 지으며 답했다.

"스카이 포레스트는 화장품을 만드는 회사가 아닌가요?"

"화장품을 주력으로 만드는 기업입니다. 그렇지만 제약, 패션, 조선, 화학, 자동차, 엔터 등 다방면의 사업을 하고 있습니다."

주력 업종은 어디까지나 화장품이다.

차준후의 마음속에는.

언제부터인가 문어발 기업이 되고 말았다. 협력사들까지 합하면 그 끝이 어디까지라고 말하지 못할 정도다.

"와, 직원 수가 많을 만도 하네요. 최근에 직원 수가 10만 명을 넘겼다고 들었어요."

켈리 마리아가 스카이 포레스트를 추켜세웠다.

기자로서 명성을 떨치게 해 준 스카이 포레스트와 차준후에 대한 고마움의 표현이자, 앞으로도 잘 부탁한다는 부탁이 담긴 이야기였다.

"생산 인력이 부족해서 며칠 전에서 새로 직원 채용 공고를 냈습니다."

"최고급 제품인 스카이 뮤직 뷰티 물량 좀 많이 만들어 주세요. 소비자들이 다 만족해하는데, 물량이 없어서 난리잖아요."

보급형은 어느 정도 물량이 풀려서 구하는 데 큰 문제가 아니었다.

그러나 최고급 제품은 부품 수급 불량이 아직도 발목을 잡고 있었다. 조금 나아져서 생산 물량이 늘어나고는 있었지만, 구매를 원하는 소비자들의 수를 감당하기엔 여전히 턱없이 부족했다.

"협력사들과 문제 해결을 위해 노력하고 있습니다."

차준후는 부품 수급에 있어 협력사들과 긴밀한 협조를

하고 있었다. 세계적인 부품 제작 업체들과 계약을 통해 생산을 늘리기 위해 머리를 맞댔다.

해결의 실마리가 보였다.

많은 돈이 걸려 있었기에 부품 제작 업체들도 총력을 기울였다. 조만간 부품 수급이 해결되면 스카이 뮤직 뷰티의 생산량이 몇 배로 늘어나게 된다.

물론 그래도 수요를 따라가기는 버겁겠지만.

"스카이 뮤직이 높은 시장 점유율을 차지하고 있는 가운데, 경쟁 업체들이 카세트 플레이어를 속속 내놓고 있어요. 경쟁이 만만치 않을 거라고 전문가들이 예상하고 있는데, 어떤 대책이라도 마련하셨나요?"

"스카이 뮤직은 단순한 제품이 아니라 문화입니다."

"문화요?"

"기술력이 있으면 어느 기업이든 카세트 플레이어를 만들 수 있습니다. 딱히 만드는 게 어려운 제품이 아닙니다."

차준후가 민감한 부분을 드러냈다.

"어렵지 않은데 왜 세상에 나오지 않았을까요?"

"문화적으로 생각한 사람이 없었기 때문입니다. 문화적인 장벽은 기술적인 부분보다 진입하기가 어렵습니다. 그리고 문화를 선도한다는 건 더욱 어려운 일이고요."

기술적인 발전을 위해서 많은 기업들은 돈을 엄청나게 투자한다. 일례로 자동차의 발전을 위해 기업들은 천문학적인 투자로 기술을 개발한다. 치열한 기술 개발과 가격 경쟁으로 경쟁 기업을 이겨 내려고 노력한다.
 기술과 장비적인 부분!
 이건 하드웨어적인 면이지, 문화적인 측면이 아니다.
 "그 어려운 걸 스카이 포레스트가 또 해냈군요. 역시 혁신적인 기업답네요."
 "기술에 혁신을 담아서 유행을 만들고, 문화를 이끌어 낸 겁니다."
 차준후는 단계적으로 카세트 플레이어를 유행시키려고 했다.
 그러나 그것은 오만이었다.
 제어한다는 건 불가능했고, 스카이 뮤직이 언론 매체에 등장하면서 그야말로 폭발했다. 박람회에서 미미하게 시작했지만 한순간에 대중들에게 각인됐다.
 "신드롬! 요즘 사람들이 카세트 플레이어 증후군을 앓고 있어요. 전염병처럼 전체를 휩쓸고 있으니 문화라는 표현이 옳아요."
 돈이 있다고 해도 구할 수 없기에 신드롬이 퍼졌다.
 못 구하면 더욱 가지고 싶은 게 사람의 마음이다.
 의도치 않게 또 품절 마케팅이 벌어졌다.
 그 품절 마케팅이 지속적으로 벌어지면서 스카이 포레스트의 브랜드 가치는 하늘 높이 솟구쳤다. 이제 미국에서 어떤 화장품 기업도 스카이 포레스트를 넘지 못했다.

패션과 화장품 분야에서 세계 최고라고 하는 프랑스도 이제 스카이 포레스트 앞에서는 몇 수 접어 줘야 할 판이었다.

"소비자들의 공감을 받아서 좋네요."

차준후는 화장품이 소비와 문화적인 영향을 크게 받는다는 걸 알았다.

없어서 못 파는 제품!

이는 소비와 유행의 결과다.

소비는 문화적인 측면이 강하다. 특히 소비재인 화장품이 그렇다.

유행에 따라 출렁이는 대표적인 사업이 패션과 화장품이고, 그렇기에 마케팅이 중요하다. 그 마케팅이 그야말로 신드롬으로 폭발하고 있다.

"대표님이 공감을 받을 수 있게 문화를 이끄신 거잖아요? 어떻게 이런 게 가능하세요?"

"눈높이를 맞추면 됩니다."

차준후가 웃으며 이야기했다.

설계를 한 부분도 있지만 시대의 흐름을 따랐을 뿐이다. 유행하는 거를 한 발자국 정도 먼저 시장에 내놓았다.

그것이 전부다.

"주력 업종인 화장품에서 잘나가고 있지만 전자 제품

이나 자동차, 조선, 화학에서도 경쟁력이 있다고 들었어요. 화장품보다 다른 업종에 집중하는 편이 스카이 포레스트의 앞날에 이득이 아닌가요?"

업계의 전문가들과 소비자들이 궁금해하는 부분이었다.

"전 화장품이 좋습니다. 사람을 아름답게 만드는 화장품의 매력에 빠져 있습니다. 다른 사업들은 화장품을 하다 보니 자연스럽게 접하게 된 겁니다."

차준후는 속내를 망설이지 않고 밝혔다.

하다 보니 이렇게 문어발이 된 것이지, 화장품으로만 해결이 가능했다면 결코 다른 사업에 눈길을 돌리지 않았다.

지금만 해도 많은 사업들 때문에 골치가 아팠다.

편하게 사업하고 싶었다.

그리고 화장품은 무척 매력적인 사업이다.

화장품은 초기 투자 1억으로 성공하면 1,000억을 버는 게 가능하다. 제작 원가가 다른 산업에 비해 적고, 유행을 타면 그야말로 천문학적인 돈을 벌 수 있다.

스카이 포레스트가 대한민국 기간 산업에 천문학적인 자금을 투자할 수 있었던 건, 적은 투자 비용으로 엄청난 이득을 올리고 있는 덕분이기도 했다.

희토류 자석

 스카이 포레스트의 브랜드가 미국을 비롯해서 세계에 각인되고 있었다. 스카이 포레스트는 미래의 세상을 보여 주고 있는 기업이라는 찬사를 받았다.
 소비자 브랜드 선호에 있어 스카이 포레스트가 세계적으로 급부상을 하였다. 지금껏 프랑스의 명품 화장품 회사에 비해 역사적으로 부족하다는 인식이 있었으나, 이번 카세트 플레이어 출시와 함께 한꺼번에 바꿔 버렸다.
 산업의 맥락을 꿰뚫는 예리한 통찰력을 가진 사업가라는 이야기가 차준후에게 따라다녔다. 그리고 이런 통찰력이 또다시 발휘되는 순간이 다가왔다.

「세계 최초 희토류 자석 개발.」

미국 공군 재료 연구소가 해냈다.

그동안 연구자들은 희토류 원소와 코발트계의 금속 간 화합물의 자성의 연구를 진행해 왔다.

그리고 최근, 사마륨과 코발트를 합금하여 만든 사마륨 코발트 자석이 고온에 강하며 손에 꼽을 정도로 엄청난 자력을 지니고 있다는 걸 실증해 냈다.

미국 공군 재료 연구소는 사마륨 코발트 자석이 레이더 발전에 큰 기여를 할 것이라고 밝혔다.

짧게 보도된 기사 내용이었다.

일반인들은 사마륨 코발트 자석의 가치를 이해하기 어려울 테지만, 차준후는 달랐다.

"드디어 희토류 자석이 나왔구나."

차준후가 크게 반겼다.

희토류 자석은 기술과 전자 기기의 비약적인 발전을 가져오니까.

공중전에서 적을 제압하기 위해 레이더 연구에 엄청난 투자를 하고 있는 미국이었다. 기술 개발과 소재 개발을 위해 노력하고 있었는데, 그 가운데 하나가 바로 희토류 자석이었다.

그리고 마침내 세계 최초의 희토류 자석을 개발해 낸 것이다.

물론 아직 희토류 자석은 이제 초기 단계에 이르렀을

뿐 가야 할 길이 멀었다. 아직 희토류 자석을 활용하는 건 연구소 수준의 설비를 갖춘 곳에서나 가능했다.

"자석의 우수한 성질을 보여 주려면 온도 영역을 낮춰야겠지."

기사에는 나오지 않았지만 지금의 희토류 자식이 실용적이지 않다는 걸 차준후는 잘 알았다.

세계 최초의 명예만 가졌을 뿐이다.

실온에서 사용하기 위해서는 연구해야 할 내용들이 많았다. 제대로 된 희토류 자석이 나오려면 아직 시간이 더 필요했다.

역사대로라면.

차준후가 작정하고 나서면 역사가 바뀐다.

"희토류 자석이 있어야 제대로 기술이 발전하지."

차준후는 기술을 크게 앞당길 작정이었다.

미국 공군 재료 연구소의 희토류 자석이 아니라 21세기에 사용되는 네오디뮴 자석을 떠올렸다.

이건 세대를 한 단계 훌쩍 뛰어넘는 것이나 다름없었다.

"네오디뮴 자석이 있으면 스카이 뮤직을 더욱 작게 만들 수 있지. 스피커도 더욱 성능 좋게 할 수 있고 말이야."

벌써부터 활용할 곳을 떠올리는 차준후다.

이건 아주 사소한 분야에 불과했다.

희토류 자석은 21세기 거의 모든 전자 제품에 사용된다고 보면 된다. 사용되지 않는 곳을 찾기가 더 어려웠다.

21세기의 자동차, 컴퓨터, 스마트폰!

강력한 성능을 발휘하는 각종 전자 기기에는 희토류 자석이 들어간다. 애플망고의 이어폰을 만들 수 있는 것도 작고 강한 희토류 자석이 있기에 가능하다.

그리고 또 하나 중요한 부분이 있었다.

"네오디뮴 자석 특허를 일본의 야마모터사가 가지고 있었지."

차준후는 희토류 자석의 대표 격인 네오디뮴 자석을 떠올렸다.

일본은 확실히 소재와 부품, 장비에 강점을 가지고 있다.

야마모터사는 1980년대에 들어서 네오디뮴 자석 특허를 개발해 낸다. 코발트를 함유하지 않은 새로운 고성능 자석은 세계에서 가장 많이 사용되는 자석으로 자리 잡는다.

"네오디뮴 자석 관련 원천 특허를 보유한 야마모터사의 횡포로 대한민국은 한때 네오디뮴 자석을 생산하지 못했지."

야마모터사는 네오디뮴 자석을 만들 수 있는 기업을 극도로 제한했고, 이로 인해 세계에서 만들 수 있는 업체가 많지 않았다.

그 결과, 야마모터사의 원천 특허가 무효화되기 전까지 대한민국은 네오디뮴 자석을 전량 해외에서 수입해야만 했다.

안타깝지만 어쩔 도리가 없었다.

"이제 그 원천 특허를 스카이 포레스트가 가지게 됐네. 앞으로 일본은 네오디뮴 자석을 만들지 못할 거다."

차준후는 받은 대로 돌려줄 작정이었다.

앞으로 일본은 네오디뮴 자석을 전량 수입해야 할 처지였다.

뿌린 대로 거두는 법이다.

일본의 전자 제품과 전자 기기 등이 발전하게 된 배경에는 희토류 자석이 큰 몫을 했다. 그런데 이제 그런 네오디뮴 자석이 일본이 아닌 대한민국의 몫이 됐다.

일본 입장에서는 크게 난리가 난 형국이었다.

네오디뮴 자석은 사마륨 코발트 자석보다 제작 원가가 저렴하고, 또 그 성능이 최고였기에 생산 규모는 매년 늘어났다.

전자 기기의 소형화와 성능 향상에 크게 이바지한다.

희토류 중에서 가장 많이 쓰이는 것은 네오디뮴으로, 전체 희토류 소비의 40%를 차지한다. 네오디뮴을 넣어 자석을 만들면 자력이 10배 이상 강해지므로 그만큼 자석을 소형화할 수 있다.

그리고 제작 방법과 기술 개발에 따라 네오디뮴의 자력을 더욱 강하게 만드는 것이 가능해진다.

"희토류를 연구한 것이 도움이 될 줄은 몰랐네."

차준후가 웃었다.

원래는 자석이 아니라 화장품 개발 용도로 접근했다.

희토류는 여러 분야에 사용되는데, 탈모 방지에도 효과가 있다는 연구 결과가 있었으니까. 실제로 희토류 함유 샴푸가 출시되기도 했다.

역시 뭐든지 제대로 공부해 두면 쓸모가 크게 있는 법이다.

* * *

캘리포니아 마운틴패스 광산!

마운틴패스 광산은 라스베이거스에서 남서쪽에 위치하고 있다. 1950년대까지는 소규모 광산의 형태였지만 1960년대로 접어들면서 생산을 크게 확대했다.

컬러텔레비전 화면에 사용되는 유로퓸의 수요가 급증했기 때문이었다.

"세륨을 구매하겠다고요? 희토류를 화장품에 사용할 수 있다는 건 농담이지요?"

마운틴패스 광산의 오너인 칼루이스가 황당한 표정을 지었다.

요즘 유로퓸 생산을 늘리기 위해 마운틴패스 광산은 확

장을 거듭하고 있었다. 광부를 늘리고, 장비를 새롭게 사들이는 등 여러 투자를 벌였다.

즐거운 비명을 지르고 있는 차에 희토류를 사겠다고 방문한 차준후를 칼루이스가 극진히 영접했다. 당연히 유로퓸을 구매하러 왔다고 여겼다.

그런데 세륨을 구매하겠다고 하니 당황하지 않을 수 없었다.

"세륨은 세포의 성장을 촉진하고 체내의 활성 산소를 제거하는 데 있어 탁월합니다. 제가 임상실험 학자에게 이 부분에 대한 연구를 따로 맡기려고 합니다."

차준후는 희토류 화장품에 진심이었다.

희토류에 관련된 의학 논문은 여러 차례 발표된 바 있다. 지금이 아닌 21세기에 말이다.

이 부분에 대한 연구는 지금이라도 연구가 가능했다.

"그래요? 정말 그랬으면 좋겠네요."

칼루이스가 혹한 표정을 지었다.

지금 팔리고 있는 희토류는 유로퓸이 전부였다. 다른 희토류들도 나오고 있었지만 유로퓸을 제외하고는 모두 버렸다.

왜?

판매되는 곳이 없었기 때문이다. 나머지 희토류들은 아무짝에도 쓸모가 없는 흙일 뿐이었다.

그런데 세륨이라는 희토류가 돈이 될 것 같았다.

"세륨은 물질을 끌어당기는 성질이 뛰어납니다. 그러니 이제부터 세륨을 버리지 말고 따로 모아 두세요. 스카이 포레스트가 구매하겠습니다."

차준후는 탈모 샴푸가 얼마나 팔릴지 궁금했다.

연구가 완전히 끝나지 않았기에 탈모 샴푸의 기능성 효과가 아주 탁월하지는 않았다. 효과를 높이기 위해서는 연구가 더 필요했다.

"그래 주시면 고맙지요. 가격은 어떻게?"

칼루이스는 차준후가 준다는 금액을 그대로 받을 작정이었다.

세륨에 대한 가격이 형성되어 있지 않았다. 버리던 흙이었으니까.

지금과 같은 경우에는 판매자보다 구매자가 우선이었다. 비가 오면 흙탕물을 일으키는 흙을 구매하러 온 아주 고마운 고객이었다.

"유로퓸과 같은 가격으로 하지요."

차준후는 적당한 가격을 제시했다. 요즘 잘 팔리고 있는 유로퓸은 점점 가격이 상승하고 있었다.

"감사합니다."

칼루이스가 크게 반겼다.

버리던 흙이 돈으로 변하는 순간이었다. 심지어 저렴하게 공급할 수도 있었는데, 차준후가 가격을 아주 잘 쳐줬다.

"네오디뮴 생산은 어떻습니까?"

"네오디뮴도 필요하신 모양이군요. 네오디뮴은 흔하게 나오고 있습니다. 이것도 화장품에 사용됩니까?"

칼루이스의 입가에 피어난 미소가 진해졌다.

네오디뮴은 코발트, 구리와 비슷한 정도로 분포되어 있다고 알려졌다. 희토류로 분류되어 있지만 상당히 많았고, 생산이 용이했다.

말 잘 듣는 인부들과 독성 물질을 이용할 수 있는 허가권만 받으면 된다. 희토류를 분류하기 위해서는 약간의 과정이 필요한데, 그 과정에서 많은 자연 훼손이 벌어졌다.

"네오디뮴은 화장품이 아니라 다른 용도로 사용될 겁니다."

"어떤 용도인가요?"

"자석입니다."

차준후가 네오디뮴의 용도를 알려 줬다. 이미 세륨이 들어가는 샴푸와 네오디뮴 자석에 대한 특허를 출원한 상태였다.

"네오디뮴 가격은 어떻게 됩니까?"

칼루이스는 희토류를 가지고 뭘 만드는지 중요하게 여기지 않았다. 가격만 잘 받으면 그만이었다.

그런데 이거 오랫동안 공급할 수 있기는 한 걸까?

왜 망할 것 같은 느낌이 드는 건지.

화장품과 자석에 희토류가 사용된다는 게 자꾸만 장난처럼 느껴졌다.

"세륨과 같습니다."

"얼마나 필요하십니까?"

칼루이스는 커다란 이익을 올리게 됐다. 광산 매출과 이익이 차준후로 인해 엄청나게 늘어났다.

"네오디뮴은 전량 구매하겠습니다."

차준후는 네오디뮴이 사용되는 양이 앞으로 크게 늘어날 거라는 걸 알았다. 없어서 못 팔게 되는 희토류가 바로 네오디뮴이었다. 그렇기에 일찌감치 네오디뮴에 대한 선점에 나섰다.

이 당시 희토류 생산량이 가장 많은 국가는 미국이었고, 이곳 마운틴패스 광산의 생산량이 큰 몫을 차지한다. 마운틴패스 광산의 희토류를 독점한다는 건 그 자체만으로 엄청난 권력이자 이득이었다.

"전량이라면? 앞으로도 계속 구매하겠다는 겁니까?"

"얼마가 나오든 전량 구매하겠습니다."

망설이지 않고 이야기하는 차준후였다.

"계약서로 작성할 겁니다."

칼루이스는 계약서로 확정을 지을 작정이었다. 구두로만 그치면 계약이 물거품이 되거나 불협화음이 일어날 수도 있었으니까.

네오디뮴의 생산이 늘어난다면?

계약서 작성 내용에 따라 추가 생산분도 스카이 포레스트가 구매해야 할 수도 있었다. 생산하는 모든 네오디뮴이 돈이 될 수도 있는 것이다.

"저도 바라는 바입니다. 그러면 확실하겠죠."

차준후는 마운틴패스 광산에서 나오는 모든 네오디뮴을 구매해도 상관없었다.

아니, 오히려 적극적으로 원했다. 앞으로 네오디뮴은 황금이 될 것이었기에.

모든 네오디뮴을 구매할 수 있다는 독점 조건을 넣으면 오히려 좋았다.

네오디뮴 자석에 대한 성능이 알려지면 세계에서 달려들 것이 뻔했다. 네오디뮴 자석이 들어간 전자 기기와 그렇지 않은 전자 기기는 효율적인 면에서 완전히 갈릴 테니까.

"생산 시설을 더욱 늘려도 되겠습니까?"

칼루이스가 침을 꿀꺽 삼키면서 물었다.

너무 많은 걸 욕심내는 건 아닌지 몰라서 걱정됐다.

"그렇지 않아도 지금 생산량으로는 부족했는데, 늘리면 좋지요."

차준후는 이번 기회에 네오디뮴 자석을 많은 곳에 활용할 작정이었다.

21세기에 사용될 수 있는 전자 기기의 발전을 위하여!

미국의 자석 소비량을 따지면 그야말로 어마어마하다.

미국의 전자 기기들에 앞으로 모두 네오디뮴 자석이 들어간다고 봐야 했다. 얼마나 많은 네오디뮴 자석들이 판매될지 계산하기 힘들 지경이었다.

네오디뮴 자석 원천 특허는 두고두고 스카이 포레스트를 살찌워 줄 수 있는 아주 대단한 것이었다.

* * *

대강당에 기자들과 관련 업계 사람들이 몰려와 북새통을 이뤘다. 스카이 포레스트의 혁신적인 희토류 자석 신제품을 발표하는 날이었다.

원래는 스카이 포레스트 미국 법인 강당에서 발표가 예정됐다. 그렇지만 워낙 많은 사람들과 기업에서 이번 희토류 자석 발표회에 참석을 희망했다.

넓은 시민회관에도 사람들이 꽉꽉 들어찼고, 그럼에도 공간이 부족해서 통로까지 차지하고 있었다.

"기존보다 10배 이상으로 강력한 새로운 자석 발표라니. 네오디뮴은 대체 뭐냐?"

"희토류라는 거다."

"얼마 전에 공군 재료 연구소가 희토류 자석을 개발해

냈다고 했잖아. 그건가?"

"그건 아니라고 하더라. 사마륨 코발트 자석이 아니라 네오디뮴이라고 하더라고."

"머리털 나고 처음으로 들어 보는 단어다. 이제 화학 공부까지 해야 하는구나."

"희토류 자석을 어떻게 개발해 냈을까? 요즘은 차준후의 머릿속을 열어 보고 싶다니까."

"그렇기는 하지. 카세트 플레이어라는 듣도 보도 못한 걸 출시하더니, 이제는 자석의 새로운 시대를 만들어 냈으니까. 10배 이상으로 강력한 자석이면, 크기를 엄청나게 줄일 수 있다는 소리잖아."

"알아보니까, 모든 전자 기기들에는 자석이 들어가더라고."

자석이 이처럼 많은 곳에 사용된다는 걸 처음 안 기자들이 많았다.

그러나 일부는 희토류 자석이 새로운 시대를 만들어 간다는 걸 알아차렸다. 그렇기에 이 공간에 사람들로 넘쳐 나는 것이었다.

"이건 단순한 자석이 아니야. 저기 저쪽 군복을 입은 사람들을 봐 봐! 공군 재료 연구소에서 나온 사람들이야."

"육군도 보이는데?"

육군도 이번 네오디뮴 자석에 관심이 크더라고. 저 자

석이 있으면 더 크고 강력한 전차를 만들 수도 있다고 하더라."

미국 공군을 비롯한 육군과 해군까지 희토류 자석 발표를 들을 수 있게 해 달라고 스카이 포레스트에 요청해 왔다.

공군에서는 네오디뮴 자석을 전략 물자로 취급해야 한다고 주장하기까지 하였다. 해군과 육군의 일각에서도 공군의 주장에 힘을 실어 줬다.

그러나 네오디뮴 자석을 개발해 낸 스카이 포레스트를 미 군부가 입맛대로 취급할 수는 없었다. 이런 사태는 네오디뮴 자석 발표에 앞서 물밑에서 일어난 일들 가운데 하나였다.

"저기를 봐! 자동차 회사에서도 왔어."

"자동차만 왔냐? 조선 업체에서도 왔다고."

"저쪽은 텔레비전을 만드는 업체 대표야."

"이야! 이러니까 무슨 경영자들의 대표 회의처럼 느껴진다."

"그만큼 이번 네오디뮴 자석이 중요하다는 거야."

자동차와 조선 등 하드웨어를 다루는 미국의 쟁쟁한 중공업 기업들이 거의 모두 참석하였다.

중공업 업체들의 제품에는 자석이 필수적으로 사용되었고, 강력한 자석은 제품의 효율과 성능 향상으로 이어진다. 네오디뮴 자석의 등장은 미국 중공업 제품의 품질 발전과 연계되어 있었다.

"다른 자동차 업체보다 스카이 포레스트 카세트 플레이어를 차량에 먼저 넣어야만 해. 차준후가 고국에서 타고 다니는 차량이 우리 포드잖아. 잘 좀 부탁한다고 해 봐."

"협상을 하고는 있지만 판매하는 물량도 부족하다고 하고 있습니다."

"최초 타이틀을 다른 차량 제작사에 빼앗기면 경영진에게 크게 질책을 받을 수도 있어. 내가 알아보니 유럽의 벤츠가 적극적으로 구애하고 있다는 소식이야."

"벤츠가요?"

"그 녀석들은 자존심도 없는 놈들이야. 차준후가 타고 다니는 차량을 모두 벤츠 차량으로 바꿔 준다는 제안까지 했다는 이야기도 있어."

"감히 우리 고객을 빼앗아 가려고 하다니. 벤츠 녀석들이 선을 심하게 넘었네요."

"정말로 차준후를 빼앗기면 회장님이 우리를 해고할 수도 있어."

벤츠를 비롯한 서독의 차량 업체들이 미국의 자동차 시장에서 두각을 드러내고 있었다.

그렇지 않아도 자동차 하면 세계적으로 독일이 유명했다. 그 가운데 벤츠는 독일 업체들에서도 최고의 기술력과 승차감 등을 자랑하고 있었다.

"오기는 왔는데 스카이 포레스트와 협력을 할 수 있을까?"

"쉽지는 않겠지요. 차준후 대표는 일본 업체들과는 협력하지 않기로 유명하니까요."

"걱정이 태산이다. 그렇다고 해서 포기할 수는 없는 노릇이잖아."

"희토류 자석이 차준후 대표의 말처럼 강력한 성능을 발휘한다면 그야말로 큰일입니다."

일본의 자동차 업체 관계자들도 발표회에 참석한 상태였다. 자동차에 들어가는 무수히 많은 부품들에는 자석들이 많이 사용되고 있었다. 일례로 모터에 들어가는 자석은 그 성능이 강력할수록 좋았다.

그리고 일본 자동차의 장점 가운데 하나가 바로 소형화이다. 강력한 자석은 일본 자동차의 장점을 더욱 극적으로 끌어올리게 만들어 주는 마법과도 같은 부품 소재였다.

그런데 그런 환상적인 부품 소재를 일본 업체들은 사용하지 못할 가능성이 높았다.

"미국과 유럽의 자동차 업체들만 희토류 자석을 이용하게 되면 끔찍한 사태가 벌어질 수도 있겠네요."

생각만 해도 일본 자동차 기업들에게는 오싹하고 절망적인 상황이다. 그런데 그런 상황이 실제로 닥칠 것만 같은 불길함이 밀려왔다.

"등장했다."

"차준후 대표야."

"저 사람이 바로 차준후구나."

"새로운 시대를 열어가는 메시아와 같은 사람이다."

시민회관이 시장 바닥처럼 시끄러워졌다. 사람들의 시선이 무대 중앙으로 걸어가고 있는 차준후에게 집중됐다.

여러 곳에서 꽂히는 시선을 받으면서 걷고 있는 차준후의 입가에는 잔잔한 미소가 피어났다.

'이것도 몇 번 해 봤더니, 나름 익숙해졌네.'

시민회관의 조명이 희미해지면서 차준후에게 조명이 집중됐다.

"차준후입니다. 제가 이번에 새로운 자석을 개발했는데, 많은 사람들이 관심을 가지고 계시네요."

무대 중앙에 자리 잡은 차준후가 사람들을 바라보면서 말문을 열었다.

"새로운 자석이라는 게 네오디뮴 자석입니까?"

"정말로 엄청난 성능을 발휘하는 겁니까?"

"희토류 네오디뮴을 어떻게 사용하면 강력한 자성을 만들어 낼 수 있는 거죠?"

"일본 기업들과도 협력이 가능한가요? 말씀해 주세요."

기자들이 질문을 마구 던졌다. 차준후의 기자회견 방식은 유명했는데, 가장 먼저 질문을 하겠다는 기자들이 넘쳐 났다. 제대로 된 답변을 받겠다는 기자들의 욕심이었다. 혹시라도 답변을 들을 수도 있었으니까.

"발표회 전에 질의응답 시간을 따로 가지겠다고 말했는데요. 자기들 하고 싶은 대로 하는 기자님들이 많네요. 이러면 막 나가자는 거죠. 발표회가 원활하게 진행될 수 있도록 부탁드립니다."

차준후는 자신들의 욕심만 먼저 챙기는 기자들의 질문에 답변하고 싶지 않았다. 오히려 원활한 발표회를 방해받아서 기분이 상했다.

특히 마지막에 일본에서 온 기자의 질문은 불쾌했다. 답변을 강요하는 질문도 마음에 들지 않았다. 흐름 끊겼잖아.

무례한 질문을 한 기자들을 시민회관에서 쫓아내고 싶기도 했다. 그런데 쫓아내는 것도 쉽지 않아 보였다. 빈틈없이 꽉꽉 채워진 발표회장이었기에 내보내려면 적잖은 시간이 소모될 것 같았다.

"저 녀석들은 차준후 대표의 기자회견 방식도 모르는 거야?"

"알아보지도 않고 오다니 정말 막 나가는 놈들이구나."

"발표회 전부터 질의응답 시간이 따로 있다고 사회자와 직원들이 고지를 해 줬잖아. 그런데도 불구하고 자신들이 먼저 특종을 잡겠다고 난리 치네."

"다 쫓아냈으면 좋겠다."

기자들이 무례하게 나선 사람들을 보면서 마구 비난했

다. 주변에서 쏟아지는 험악한 시선에 돌발 행동에 나섰던 사람들이 고개를 숙였다.

"여기 네오디뮴 자석이 있습니다."

차준후가 은색으로 빛나는 어린아이 손바닥 크기의 자석을 꺼내 들었다.

대중 앞에 처음으로 등장한 네오디뮴 자석이었다.

파파팍! 파파파팍!

파파파파팍! 파파파파팍!

사진기 조명들이 쉴 새 없이 터졌다.

"제 오른손에 네오디뮴 자석이 있네요. 그런데 말입니다. 여기 왼손에도 네오디뮴 자석이 있습니다. 이 두 자석을 가깝게 가져가 볼까요?"

네오디뮴 자석이 한 치의 틈도 없이 서로 달라붙었다.

자석이니까 당연했다.

"자! 평범한 자석이라면 아주 쉽게 떼어 낼 수 있을 겁니다."

차준후가 자석을 떼어 내기 위해 힘을 줬다. 그러나 안간힘을 써도 찰싹 붙어 있는 두 개의 네오디뮴 자석은 떨어질 기미를 보이지 않았다.

"에휴! 제가 힘이 없어서 그런지 도무지 떨어지지가 않네요. 혹시 저 대신 도전해 고 싶으신 분 있나요?"

차준후가 너스레를 떨며 물었다.

무대 위에서 사기를 친다고 생각하고 있는 사람들이 있을지도 몰랐다. 그도 그럴 것이 어린아이 손바닥 크기의 자석을 떼어 내지 못한다는 게 말이 되나.

상식적으로 이해가 안 가는 일이었다.

"제가 해 보고 싶습니다."

"저에게 주세요, 차준후 대표님."

"힘이라면 자신이 있습니다."

사람들이 아우성쳤다. 실물로 등장한 네오디뮴 자석을 빨리 만져 보고 확인해 보고 싶은 것이다.

"힘이 좋아 보이시네요. 한번 떼어 내 보세요. 떼어 낼 수 있으면 그 네오디뮴 자석을 선물로 드릴게요."

차준후가 군복을 입고 있는 건장한 체격의 남성을 지목했다.

군인은 군복을 입고 있었지만 그 탄탄한 근육이 겉으로 잘 드러나 있었다. 제대로 맞으면 기절하거나 죽을 정도로 강해 보이는 사내였다.

"한번 도전해 보겠습니다."

네오디뮴 자석을 건네받은 군인이 힘을 주기 시작했다. 얼마나 힘을 주는지 얼굴이 시뻘겋게 달아올랐고, 관자놀이에는 힘줄이 돋아났다.

"이얍!"

군인이 기합까지 질렀다. 사람들이 호기심 어린 눈빛으